先度繼陵

선도계능

선도계능 3

정영교 판타지 장편 소설

초판 1쇄 찍은 날 § 2005년 9월 20일
초판 1쇄 펴낸 날 § 2005년 9월 30일

지은이 § 정영교
펴낸이 § 서경석

편집장 § 문혜영
편집책임 § 서지현
편집 § 장상수 · 최하나

펴낸곳 § 도서출판 청어람
등록번호 § 제1081-1-89호
등록일자 § 1999. 5. 31
어람번호 § 제1-0632호

주소 § 경기도 부천시 원미구 심곡1동 350-1 남성B/D 3F (우) 420-011
전화 § 032-656-4452 팩스 § 032-656-4453
http://www.chungeoram.com
E-mail § eoram99@chollian.net

ISBN 89-5831-678-0 04810
ISBN 89-5831-675-6 (SET)

先度繼陵

선도계능

정영교 퓨전 판타지 소설

③

변화(變化)

도서출판 청어람

Contents

Chapter 15 추락 / 7

Chapter 16 변화 / 61

Chapter 17 뱀파이어 퀸 / 117

Chapter 18 엘프 / 189

Chapter 19 두 번째 재회, 천마(天魔) / 247

추락

아무리 몇백 명의 인원을 수용할 수 있는 비공정이라
고는 하나 그 무게가 상당한 와이번들이 갑판 위에 있으니, 그것을 견
딜 수 있을 리가 만무했다.

구우우우!

"젠장! 선체가 앞으로 기울잖아!!"

비공정 조종실에 있는 함장은 갑판 쪽에서 일어나는 싸움으로 인해
죽을 맛이었다. 비공정이 심하게 흔들려 앞쪽으로 무게가 실리면서 조
금씩 선체가 기울고 있었기 때문이다.

'이 귀한 비공정 위에서 싸움질이라니… 크으으!'

비공정이 만들어진 이내로 함장 자리를 따내기 위해 어언 5년 동안
의 시련과 고통을 이겨냈다. 겨우 함장의 자리를 딴 후 국가를 위한 중

요한 임무를 맡은 이들을 호송하는 일이라 얼마나 영광스럽고 자랑스러워했던가. 하지만 이건 아니었다.

쿵!

"함장님! 이대로 가다간 비공정이!!"

함장은 아랫입술을 꽉 깨물며 뭔가를 결심한 듯 소리쳤다.

"할 수 없지. 갑판 쪽에 있는 비상 마나 엔진을 점화한다!"

"알겠습니다!"

그의 명령에 따라 조종실에 있는 승무원들의 손길이 바빠졌다.

삐익!

한 승무원이 붉은색 손잡이를 위를 올렸다.

덜컹!

그러자 갑판 밑에 구멍이 생기며 그곳에서 불꽃이 치솟았다. 그러자 계속해서 앞으로 기울던 비공정이 점차 안정을 되찾아갔다.

반면 갑판 위의 전투는 전혀 안정될 기미를 보이지 않고 있었다. 오히려 더욱 치열해져만 가고 있는 상황이었다.

챙챙!

드래곤 나이트, 블랙 로즈와 황궁 제2기사단의 싸움은 상당히 독특한 양상을 띠고 있었다.

붉은색 제복을 입은 여기사 한 명당 열여섯 명 정도의 기사가 달려들어 공세를 벌이고 있었다.

얼핏 보면 기사도에 맞지 않을 정도로 치사해 보이지만 그만큼 여성 기사단은 공작의 상상을 초월할 정도로 강했다. 피휘나드 린의 영향을 많이 받았는지 그녀들의 공격법은 대개 쾌검류였다. 적어도 개

개인 한 명이 제1기사단장에 약간 못 미칠 정도의 실력을 지니고 있었다.

'이런 괴물들이 어떻게 존재할 수 있는 거지?'

그녀들과 싸우는 기사들의 심정은 정말 한결같았다. 한마디로, 괴물을 상대하는 것만 같았다. 황궁 기사가 열여섯이면 일반 사병 백여 명은 거뜬히 상대할 수 있을 정도인데, 그런 그들이 한 명의 여성을 상대로 몰아붙이고 있는 것이다.

"드래곤 나이트의 명성은 헛된 것이 아니구나!"

공작은 수적으로 열세임에도 불구하고 오히려 전혀 밀림이 없는 블랙 로즈의 여기사들에게 감탄할 수밖에 없었다. 적의 기사인 것이 안타까울 만큼 말이다.

그러나 정말로 대단한 것은 기사들의 싸움이 아니었다.

"아이스 스톰(Ice Storm)!"

�솨아아악!

말 그대로 얼음 폭풍이 한바탕 몰아쳤다. 모든 것을 휩쓸어 버릴 것 같은 얼음 폭풍이 비공정 위로 몰아쳤지만, 그것을 펼치는 자는 바로 7써클 마도사이자 8써클 마법사인 훼일리스였다. 비공정 위에는 아무런 피해가 가지 않았다.

"클클, 흑월은 몰라도 너희 같은 뱀파이어 놈들쯤이야!"

훼일리스는 자신감에 넘치는 목소리로 적을 향해 외쳤다. 치명상은 아니더라도 적어도 데이워커들에겐 어느 정도 피해를 줄 거라 생각했는데, 그 예상은 보기 좋게 빗나갔다.

위잉!

"저, 저건!"

휘몰아치는 얼음 폭풍을 너무도 쉽게 막아낸 것은 거대한 암흑의 구였다.

얼음 폭풍은 마치 블랙홀에 빨려 들어가듯이 거대한 암흑의 구에 흡수되었다.

"우린 단순한 뱀파이어가 아닙니다만."

데이워커들은 아이스 스톰이 별것 아니었다는 듯 어깨를 으쓱였다.

점잖은 신사마냥 멋진 정장을 빼입은 그들은 더 이상 마법 쓸 틈을 주지 않으려는지 훼일리스를 향해 달려들었다.

"크으, 젠장! 이래서 어둠의 종족들이랑 싸우는 게 싫다니까! 파이어 애로우!"

불꽃의 화살이 데이워커들을 견제하기 위해 날아갔다.

팍!

파이어 애로우 정도는 마법 내성만으로 가볍게 견디는 놈들이었다.

"이런, 미친!"

훼일리스는 거친 욕을 내뱉었다. 자신의 뒤에서 받쳐 주는 두 명의 궁정 마법사가 상당한 실력자이긴 했으나 데이워커를 상대하기에는 무리가 있었다.

"파이어 월!"

달려드는 데이워커들 앞으로 거대한 불꽃의 벽이 올라와 그들을 가로막았다. 그래도 제때 마법을 펼쳐 낸 궁정 마법사들 덕에 한순간 위기를 모면할 수 있었다.

"후우, 고맙네."

"바, 방해가 돼서 죄송할 따름입니다."

궁정 마법사들 역시 자신들의 실력으로는 데이워커들을 상대하기에는 터무니없이 부족하다는 것을 깨달았다.

"이까짓 마법은 저희들에게 통하지 않는다는 사실쯤은 잘 알고 있을 텐데요?"

데이워커에게 6써클 이하의 마법은 큰 영향을 주지 못한다. 그들에게 약간의 찰과상을 입히는 정도에 불과하다.

"암, 잘 알고 있다. 하지만 이건 어떠냐!"

훼일리스가 손을 내밀자 그들의 몸은 뭔가에 구속된 듯 움직여지지가 않았다.

"이건 또 무슨 수작이지요?"

"우릴 가둘 수 없다는 건 잘 알 텐데?"

"어리석은 인간 마법사. 구속의 마법 따위로는……."

그들은 제각각 자신만만한 표정을 짓고 있었다. 하지만 훼일리스가 노리는 것은 단순한 구속이 아니었다.

"멍청한 놈들, 내가 그 정도도 모를 것 같으냐!"

최대한 마력을 끌어내 구속시켜 놓은 상태에서 더블 캐스팅으로 펼칠 수 있는 마법 중 최고의 위력을 발휘하는 것을 놈들에게 먹이려는 것이었다.

그러나 상대는 그의 상상을 뛰어넘는 존재였다.

쾅!

다섯 중 한 명이 구속 마법을 풀고는 날카로운 손톱을 세워 훼일리스에게 달려들었다. 간신히 몸을 비틀어 피했지만 손톱으로 일으킨 풍압에 훼일리스는 뒤로 멀찌감치 튕겨 나가고 말았다.

"크윽!"

그가 아무리 대단한 마도사라 할지라도 몸은 연로했기에 충격을 견뎌내고 마법을 쓰기에는 무리가 있었다.

"클라우드 킬(Cloud Kill)!"

궁정 마법사 중 한 명이 마법을 외쳤다.

짙은 녹색의 연기가 뭉글거리며 생겨나더니 데이워커들을 둘러쌌다. 그것은 독 안개 마법이었다. 뱀파이어라도 강한 독성에는 약할지도 모른다고 생각한 건 그의 실수였다. 뱀파이어의 약점은 오직 자외선 빛뿐이었다. 그 외에는 어떤 것도 그들의 약점이 될 수 없었다.

"크큭, 6써클 이하의 마법은 우리들에게 아무 소용 없어!"

촤악!

"크아악!"

순식간에 궁정 마법사 두 명의 비명 소리와 함께 그들의 몸이 찢겨 나갔다. 결국 아무런 도움이 되지 못하고 허무하게 죽고 만 것이다.

"싱겁군."

"어이, 고위 마법사들의 피가 얼마나 맛있는데 찢어버려?"

"오우, 미안. 너는 마법사들의 피를 좋아했지?"

데이워커들은 찢겨져 나간 마법사들의 피륙을 먹고 있었다.

멀리서 지켜보고 있던 공작은 그 잔혹한 장면에 얼굴이 창백해져 고개를 돌렸다.

"우욱, 이건… 너무……."

여러 번의 전장 경험이 있는 공작이었지만 워낙 생소하면서도 경악스러운 장면에 토악질까지 할 수밖에 없었다.

바로 그때였다.

화르륵!

"크아악!"

괴걸스럽게 피륙을 먹어대던 데이워커들에게 거대한 불꽃이 강타했다. 비명을 지르며 고통스러워하는 것을 보아선 7써클 이상의 화 계열 마법인 듯했다.

"클클, 내가 있다는 걸 잊으면 안 되지, 이 못돼 처먹은 뱀파이어 놈들아!"

그들은 자신들이 궁정 마법사의 피륙을 먹는 동안 훼일리스가 몸을 회복할 것이라고는 생각지 못했던 것이다. 어차피 궁정 마법사들을 보호하느라 번거로웠던 훼일리스로서는 오히려 반가운 참이었다.

챙!

유빈의 롱 소드와 흑월의 거대한 클레이모어가 부딪칠 때마다 강한 마찰음과 함께 푸른 불꽃이 튕겼다.

"오른쪽 어깨에 빈틈이 있다."

푹!

"큭!"

롱 소드로 그의 어깨를 꿰뚫은 순간 유빈은 그를 발로 차버렸다. 성도를 벗어나면 유빈을 더욱 쉽게 상대할 수 있을 거라 여겼던 것은 흑월만의 착각이었다.

'큰 기술 쓸 틈을 줬다간 비공정이 박살나겠어.'

비공정에는 많은 사람들이 타고 있기에 강기와 같은 기술이 갑판 위에서 일어난다면 분명 비공정은 박살날 것이 뻔했다. 어떤 식으로든 적들에게는 유리한 상황이었다. 조금이라도 틈을 주면 저번과 마찬가지로 핏빛 검강으로 몰아치려 들 것이다.

퍽!

"크헉!"

유빈은 생각할 틈도 없이 발로 그의 턱을 차버렸다.

피휘나드 린은 동료임에도 불구하고 일 대 일 대결에 끼어드는 행동 따윈 하지 않았다. 드래곤 나이트 역시 기사이기에 스스로 기사도를 지켜야 한다고 생각했기 때문인 것 같았다. 어차피 그녀도 지금 상황이 자신들에게 유리하다는 것을 알고 있었다.

'왜 저렇게 당하는 거지? 흑월, 멍청이!'

그렇기 때문에 옆에서 구경하며 흑월을 속으로만 욕하고 있을 따름이었다.

퍼퍽!

반면 흑월은 죽을 맛이었다. 강기를 끌어올리고 싶었지만 유빈은 틈을 주지 않고 그를 계속 몰아붙였다. 단순한 주먹질처럼 보이지만 그 투로를 알 수가 없었다.

'트, 틈을 주질 않아!'

강기를 끌어올릴 틈을 전혀 주지 않고 있었다. 맞는 것을 무시한 채 끌어올리고 싶었으나 유빈이 발로 찰 때마다 몸 안에 흐르던 내력은 계속 흩어져 버렸다.

"제기랄!"

클레이모어를 들어올려 막아보려 했으나 유빈은 그것조차 빼앗아 허공으로 멀리 던져 버렸다.

"안 돼!! 내 검!"

"이것 때문에 때리기가 불편했거든."

퍽!

흑월에게 경력이 실린 주먹을 내뻗자 이때까지와는 달리 재빨리 가드를 올려 그것을 막아냈다. 클레이모어를 가볍게 들 수는 있었지만 워낙 큰 검이었기에 몸의 움직임이 둔할 수밖에 없었다. 그러나 이젠 그조차도 없어졌으니 그의 움직임은 전보다 훨씬 자유로워진 것이다.

"몸 동작이 좀 빨라졌군."

"그분께서 직접 하사하신 검을 네놈이!!"

"제대로 붙고 싶긴 한데, 비공정에 있는 사람들이 전부 죽게 내버려둘 수는 없거든."

쾅!

주먹에 가볍게 힘을 주자 경력이 일어나며 흑월의 거구가 부웅 하며 뒤로 나가떨어졌다. 데이워커의 힘을 발휘해 보고 싶어도 계속 몸속의 힘은 흩어져 나갔다.

"힘이… 모이질… 않아."

흑월은 내력이 모아지지 않으니 매우 당황스러울 수밖에 없었다.

결투에 끼어드는 것은 기사도 정신에 위배되는 일이라 여겼기 때문에 잠자코 지켜보고 있던 피휘나드 린 역시도 뭔가 이상한 점을 느꼈다. 흑월은 평소처럼 핏빛 강기를 전혀 쓰지도 못하고 무력해져 있었다.

'흑월이 전혀 꼼짝을 못하잖아? 왜 저러는 거지?

단순히 주먹으로 치고 발로 차는 것에 불과했는데, 흑월은 그것을 무력하게 맞고 있었다.

"단순한 주먹질로 보이나?"

흠칫!

흑월에게 하는 말이었지만 피휘나드 린은 순간 당황했다. 마치 자신의 생각이라도 읽은 듯한 그런 말이었다.

"제기랄, 날 무시하지 마라!"

쾅!

유빈이 잠시 말하는 틈을 놓치지 않고 흑월은 강기를 끌어올리려 했다. 하지만 유빈이 그것을 내버려 둘 리가 없었다. 유빈이 흑월의 가슴에 살며시 손을 얹자 또다시 내력이 흩어져 버리며 강기가 모이지 않았다.

"무시하지 않았다."

"날… 무시하지 않는다면……."

"그 무식한 강기를 쓰게 내버려 두면 비공정이 떨어질지도 모르거든."

처음부터 뜻대로 되지 않을 경우 비공정을 추락시킬 생각이었던 흑월은 유빈의 정확한 판단에 약간은 놀란 듯했다. 물론 이런 상황이라면, 어떤 적이라도 비공정을 떨어뜨리려 할 것이 뻔하긴 하지만 말이다.

촤악!

순간 검광이 번쩍이며 뭔가가 유빈의 뺨을 스치고 지나갔다.

주륵!

유빈의 뺨 위로 핏방울이 흘러내렸다.

흑월이 전혀 힘을 쓰지 못한다는 것을 알게 된 피휘나드 린은 그제야 몸을 움직였다. 유빈조차도 한순간 눈치채지 못할 만큼 빠른 쾌검이었다.

"빠르군."

"신성한 결투에서 상대방이 전력을 다할 틈조차 주지 않다니… 생각보다 짜증나는 인간이로군요."

흑월에게 전혀 공격할 틈을 주지 않은 것에 불만을 가지고 있는 듯 그녀는 매섭게 유빈을 노려보았다.

"후우~ 이봐, 아가씨."

"당신 말 따윈 듣고 싶지 않습니다."

"아가씨가 뭔가 착각하고 있는 것 같은데, 어디까지나 습격한 건 너희들이야."

"그, 그건……."

이것저것 다 따지고 든다면, 그녀와 흑월은 습격자들인 것이다. 신성한 결투라는 말을 할 처지는 아니라는 의미였다.

"좋아요! 어차피 습격한 건 우리니까."

스스로 자신의 말실수를 인정한 그녀는 말이 끝나는 동시에 레이피어를 유빈의 목을 향해 휘둘렀다. 자신의 말실수에 무안했는지 안색이 변해 있었다.

스윽.

하지만 유빈은 단순히 고개를 뒤로 젖히는 것으로 그녀의 쾌검을 피했다. 데이워커들조차 눈치채지 못할 만큼 빠른 쾌검이었지만, 무림에서 수많은 적들과 싸운 유빈에게 있어서 이것은 단순한 쾌검에 지나지 않았다.

'이곳 검사들에 비해서 빠르나 무림 고수들에 비하면 별로……'

쇄악!

피휘나드 린은 검로를 바꿔서 유빈의 가슴을 향해 찔러들었다.

푸욱!

변칙적인 공격에 전혀 예상치 못한 듯 유빈의 가슴이 그녀의 검에 뚫렸다. 처음 너무도 쉽게 자신의 쾌검을 피해서 놀라긴 했으나 변칙적인 검로에 유빈이 찔리자 그녀의 눈이 반짝였다. 하지만 그것도 잠시였다.

'찌른 감각이 없어!'

분명히 유빈의 가슴을 찔렀는데 아무런 감각이 없었다.

그 순간 유빈의 몸이 연기처럼 흩어졌다.

이형환위, 그녀가 찌른 것은 바로 유빈의 잔영이었다.

"느리군."

"어, 언제?"

어느새 그녀의 뒤로 나타난 유빈이었다. 당황한 기색이 역력했으나 그녀는 몸을 돌리지 않은 채 검의 손잡이를 거꾸로 잡아 뒤로 레이피어를 찔러 넣었다.

탁!

유빈은 아무런 망설임도 없이 그녀의 레이피어를 잡아 부러뜨려 버렸다.

설마 레이피어를 부러뜨릴 것이라곤 예상 못했던 그녀는 눈을 부릅뜨고 유빈을 노려보았다. 그녀가 노려보는 것 따윈 아랑곳하지 않는 듯 유빈은 씨익 웃으며 부러진 검끝을 옆으로 던져 버렸다.

'음속의 기사라 불리는 내가 전혀 알아채지 못할 정도로 빠르다니……'

그녀에게 붙여진 칭호들 중 하나가 바로 음속의 기사였다. 대륙 어느 누구도 따라가지 못할 정도로 빠른 쾌검을 구사한다고 해서 붙여진 칭호이건만, 이자 앞에서는 무색하기만 했다.

"기대치에 미치지 못하는군."

흑월보다 서열이 높은 데다가 광룡을 잡아 드래곤 슬레이어라는 칭호를 가지게 되었다는 사실을 이미 들어 알고 있었기 때문에 내심 그녀에 대해서 기대하고 있었다.

"단순한 쾌검을 가지고 드래곤이라는 생명체를 잡을 수 있나?"

비꼬는 듯한 말에 그녀는 약간 놀란 듯했지만 그 이상의 표정 변화는 보이지 않았다. 오히려 의외였다는 듯한 눈빛마저 보이고 있었다.

"예상 밖이로군요."

"뭐가 말이지?"

"당신을 가볍게 본 것에 대해서 진심으로 사죄드립니다."

그녀는 부서진 레이피어를 검집에 꽂아 넣었다. 드래곤 나이트의 기사로 명성을 떨치고 있는 그녀가 하는 말치곤 뭔가 이상했다.

'검을 집어넣다니… 무슨 생각을 하는 거냐?'

"지금 무슨 말을 하려는 게냐? 설마 아직 본실력을 발휘하지 않았다고 말하려는 것은 아니겠지?"

"……"

어림짐작으로 한 말이 맞아들었는지 그녀는 아무 대답도 하지 않고 차가운 미소만을 보이고 있었다.

"흑월!"

"지금 그 녀석은… 아?"

"크으으."

그녀를 상대하느라 흑월의 존재를 까맣게 잊고 있었던 유빈은 혹시나 하는 마음에 그가 쓰러져 있던 곳으로 시선을 돌렸다. 내력을 끌어올리지 못하도록 제재를 가했었는데, 어느새 흑월은 내력을 회복하고서 있었다.

흑월의 눈에서 살기가 비쳤다. 물론 그 대상은 바로 유빈이었다. 숨 쉴 틈도 없이 구타를 가했으니 그에게 살기를 풍기는 것도 당연한 일이었다.

"제법 기운을 차린 듯하군."

돌아보지 않으려 해도 볼 수밖에 없을 정도로 따가운 살기였다. 이 정도의 살기라면 바로 달려들 것이다. 하지만 그런 예상은 보기 좋게 빗나갔다.

사아악!

흑월이 뭔가 알아들었다는 듯 고개를 끄덕이더니 갑자기 검은 안개로 변해 사라지는 것이 아닌가.

"이건… 무슨 수작이냐?"

안개처럼 흩어지는 듯 보였으나 흑월의 기가 사방으로 퍼져 나가는 것을 유빈은 볼 수 있었다. 분리했다가 다시 어딘가에서 합쳐질 것처럼 말이다. 인간과 혼혈인 데이워커들은 뱀파이어 계의 마법을 쓸 수는 없지만, 스스로의 능력을 갈고닦은 놈들은 자신의 몸을 변화시키는 것은 가능하다.

'이 세계는 정말 이해가 안 가.'

데이워커란 뱀파이어와 인간의 혼혈 종으로, 보통 뱀파이어와는 차이가 있다.

보통 뱀파이어 태생들은 성장을 하긴 하지만 각성할 때의 모습으로 계속 유지하게 된다. 예를 들어 열 살 난 태생의 뱀파이어가 각성하게 된다면 그 상태로 더 이상 성장을 하지 못한다. 그래서 대개 순수 뱀파이어 태생들은 스무 살이 될 때까지는 스스로를 각성시키지 않는다.

물론 순혈 뱀파이어들이 아닌 뱀파이어에 의해 변하게 된 존재들이 있다. 그들은 물린 상태의 모습을 평생 동안 간직하게 된다. 사냥꾼들이나 적, 태양빛에만 노출되지 않는다면 영생을 살 수 있기 때문에 간혹 제정신이 아닌 사람들은 스스로 뱀파이어가 되는 것을 자초하는 경우가 있지만 태생적 뱀파이어가 아닌, 즉 물려서 그것이 된 자들은 영혼을 잃게 되기에 더 이상 그 자신이 아니게 된다. 영혼이 없는, 악의 마음으로 가득 찬 존재가 된다는 의미이다.

마지막으로 가장 독특한 계열의 뱀파이어가 바로 데이워커이다. 이들은 순혈 뱀파이어와 인간 사이에서 태어난 혼혈로, 낮에도 활동할 수 있고 보통 뱀파이어들과는 비교도 안 될 정도의 마력과 육체적 능력을 지니고 있다. 이들은 순혈 뱀파이어들처럼 마 계열의 마법을 사용할 수는 없지만 육체를 변화시키는 능력만큼은 타의 추종을 불허할 만큼 대단하다.

흑월 역시도 데이워커인만큼 몸을 안개처럼 흩어지게 할 수 있는 것은 당연했다. 하지만 그것은 유빈을 상대하는 데 있어서 도움이 되지 못한다.

"몸이 흩어진다고 해서 어디로 가는지 눈치채……."

위이잉!

흑월의 흩어지는 기를 포착해 그를 잡으려 했던 유빈은 강렬한 빛덩어리가 자신을 향해 날아오는 것을 느꼈다.

"운경심쇄!"

보통 공격이 아니라는 생각에 곧바로 운경장의 공격 초식인 운경심쇄로 하얀 운무의 회오리를 일으켰다. 운무의 회오리와 빛덩어리가 부딪치자 그것들은 찢어질 듯한 마찰음을 내며 서로 상쇄되어 버렸다.

'운경심쇄와 맞먹는 정도의 힘?'

비공정 위라서 최대한 공력을 억제하긴 했으나 운경심쇄를 순식간에 상쇄시켜 버릴 만큼의 위력을 지닌 빛덩어리였다. 유빈은 그것을 날린 자를 향해 고개를 돌렸다.

"당신의 상대는 접니다."

빛덩어리를 날린 장본인은 바로 피휘나드 린이었다.

"방금 그건 분명히 마나가 아니었는데……."

"대리자의 힘입니다."

"대리자?"

대리자가 무엇을 말하는지 모르는 유빈에게 그런 말을 해봐야 어찌 알아듣겠는가.

"광룡을 죽인 이후로 이 힘을 쓰게 할 상대는 더 이상 없을 거라 여겼는데……. 역시 세상은 넓군요."

'드래곤을 죽인 힘?'

그녀의 눈매가 날카로워졌다. 아까 전처럼 뭔가를 망설이는 듯한 그런 표정이 아니었다.

"당신을 이 세상에서 소멸시키겠습니다."

우우우웅!

피휘나드 린의 몸에서 점차 강렬한 적색 빛이 흘러나오기 시작했다. 그 빛은 그녀를 보호하려는 듯이 그녀의 온몸을 둘러싸고 있었다. 약간 떨어져 있음에도 불구하고 살결이 따가울 정도로 강렬한 빛이었다.

'까딱하다간 비공정이 부서질지도…….'

여유로워 보이던 유빈의 얼굴이 굳어져 가고 있었다.

그와 마찬가지로, 한참 싸움을 벌이고 있던 기사들은 그녀의 몸에서 뿜어져 나오는 강렬한 적색 빛에 시선을 빼앗기고 있었다.

"빛이여!"

피휘나드 린이 날개를 펼치듯 양팔을 들자 눈부시게 빛나던 적색 빛이 그녀의 양손으로 모이며 거대한 빛의 검 형상을 만들었다.

블랙 로즈 여기사들의 입가로 미소가 번졌다. 그녀들은 과거에 이 적색 빛의 힘을 본 적이 있다. 바로 피휘나드 린이 광룡을 없앴을 때였다.

파파팍!

그녀의 양팔에 생성된 적색 빛의 거대한 검에서 뿜어져 나오는 기운에 비공정 갑판 바닥이 흔들리고 있었다. 그녀의 주위는 흔들리는 정도가 아니라 바닥이 검게 변해가고 있었다.

"조심해. 무공과는 전혀 다른 힘이야."

유빈의 귀로 세명의 전음이 들려왔다. 공녀라는 신분에 있는지라 섣불리 움직이지 못하고 있는 세명이었기에 전음으로나마 조심하라고 당부하는 것이었다.

"시간이 있다면… 흑월을 잡을 수 있겠어?"

"에에? 내가 무슨 수로?"

걱정되는 마음에 세명에게서 눈을 떼지 못하고 있는 공작의 시선을 피해 흑월을 잡기란 불가능했다. 공작은 세명이 가진 힘을 모르고 있었다.

"공작이 눈치챌 것 같으면 그가 너를 보지 못하도록만 하면 되지 않나?"

"설마……?"

유빈이 한 손을 들어올리자 두 눈을 부릅뜨고 세명을 바라보던 공작이 그대로 쓰러져 버렸다. 꽤 떨어진 거리였음에도 불구하고, 어떻게 한 건지는 몰라도 공작은 갑판 바닥에 기절해 버렸다.

"어이어이… 너 도대체 무슨 짓을……?"

"그것보다 흑월을 쫓아야 해."

"갑자기 사라진 놈을 어떻게 잡는단 말이야?"

세명의 말대로 흑월의 기는 완전히 흩어져 버려서 더 이상 그 흔적을 찾을 수가 없었다.

"비공정 조종실로 갔을 거다."

"비공정 조종실? 거긴 왜?"

"조종실만 파괴하면 미케우르스 산에 갈 방법도 없어질뿐더러, 이 높이라면 비공정에 있는 사람들은 전부 죽는다."

아무리 생사경의 경지에 오른 절세의 고수인 유빈과 세명이라고 할지라도 이렇게 높은 상공에서 떨어진다면 목숨을 보장할 수가 없었다. 더군다나 아무리 경험이 많은 유빈이라도 이런 경우는 처음이기 때문에 비공정이 부서진다면 대처할 방안이 없었다.

"더 이상 설명할 시간이 없다. 서둘러!!"

"알았어, 나한테 맡겨."

슉!

세명의 신형이 순식간에 갑판 위에서 사라졌다. 누구도 공녀에 대해서 신경 쓰고 있지 않았기 때문에 아무도 알아채지 못했다.

"갑니다!"

쇄아아악!

피휘나드 린이 거대한 빛의 검을 휘두르자 강렬한 빛줄기가 유빈을 향해 쇄도해 왔다. 내공을 끌어올린 채 대기 중이었던 유빈은 곧바로 운경장의 방어 초식 중 하나인 운막어연을 펼쳤다. 그가 원을 그리며 회전을 하자 운무가 일어나 하나의 막을 만들어냈다.

파파파!

빛의 검에서 날아온 적색 빛줄기가 운무의 막에 부딪치자 찢어질 듯한 소리가 주위로 울려 퍼졌다.

"말도 안 돼! 단장의 빛의 검을 막다니?"

"역시 은발의 제압자다!" ·

블랙 로즈의 단원들과 황궁 기사들 간의 희비가 교차했다. 광룡마저 쓰러뜨린 빛의 검이었기에 당연히 유빈이 쓰러질 거라 예상했던 그녀들로서는 여간 당황스럽지 않을 수가 없었다.

환호성을 지르는 황궁 기사들의 반응과 달리 유빈은 이 정체 모를 힘에 당황스러워하고 있었다.

"자, 장력?"

빛의 검을 쉽게 막는 듯해 보였던 운무의 막이 붉게 달아오르더니 팍, 소리와 함께 흩어져 버리는 것이었다.

"젠장!"

정체 모를 빛의 검의 힘에 장력이 깨져 버리자 유빈은 재빨리 뒤로 몸을 날려 검이 닿을 수 있는 거리에서 최대한 멀어졌다.

덜컹!

하지만 유빈이 자리를 피하는 순간 빛의 검이 갑판에 꽂혔고, 그 충격파가 얼마나 큰지 검이 닿은 부분은 마치 고열로 가열한 것처럼 녹아들었다. 녹은 부위를 중심으로 원형의 구멍이 났다.

그와 동시에 비공정 전체가 크게 흔들리면서 그 위에 있는 사람들이 바닥으로 넘어졌다. 아무리 균형 감각을 기르는 훈련을 한 기사들이라 해도 심하게 흔들리는 비공정 위에서는 속수무책일 수밖에 없었다.

"우아악!"

"규, 균형을 잡을 수가 없어!!"

쾅당!

'이런… 피하지 말았어야 했다.'

아직 제대로 파악하지 못한 힘에 섣불리 대응할 수 없다는 생각에 피한 덕분에 갑판 위에 있는 사람들에게 위기가 닥치자 유빈은 자신의 실수를 깨달았다.

"생각보다 위험한 힘이로군."

"당신이 피할 때마다 비공정이 부서지지요."

"역시 의도적이었나?"

"어차피 쓸데없이 힘 낭비를 하는 것보다는 이 비공정을 부수는 게 훨씬 편한 일이지요."

모든 상황이 그녀에게 유리하게 돌아가고 있다는 것을 상기시켜 주는 말이었다. 자신감이 넘치는 듯한 승리의 표정을 짓고 있는 피휘나드 린을 보며 유빈이 말했다.

"꼭 내게만 통용되는 얘기라고 생각하나?"

"우리가 드래곤 나이트라는 것을 잊었나 보군요."

피휘나드 린을 비롯한 드래곤 나이트들은 비공정에 연연할 필요가 없이 와이번을 타면 그만인 것이다.

"하하하하핫! 재미있군, 재미있어. 내 앞에서 협박을 하다니……."

불리한 상황으로 인해 동요할 거라 여겼던 유빈이 웃기까지 하자 피휘나드 린은 의아해할 수밖에 없었다.

"당신이 웃을 처지는 아닐 텐데요?"

그녀의 말이 끝나는 순간 유빈의 얼굴이 싸늘하게 굳어졌다. 방금 전까지만 하더라도 여유로워 보이던 그가 화가 난 듯한 모습을 보이자 피휘나드 린은 자신도 모르게 온몸에 소름이 끼치는 것을 느꼈다.

'살기가 느껴지지 않는데도 온몸이 떨려⋯⋯.'

"내 경고하지. 비공정이 부서지면 너희들도 같이 죽는 거다."

"그게 무슨⋯⋯?"

휙!

유빈은 갑자기 오른손을 들어 허공을 휘저었다. 그 행동이 자신을 공격하는 것이라 짐작한 피휘나드 린은 빛의 검을 들어올렸다. 하지만 그 예상은 빗겨 나갔다.

촤악!

투투툭!

"까아아아악!"

블랙 로즈 단원들의 입에서 찢어질 듯한 비명 소리가 높은 상공에서 울려 퍼졌다.

얌전히 주인을 기다리고 있던 와이번들의 머리가 비공정의 갑판 위로 떨어졌다. 사방에서 와이번의 머리가 떨어진 목에서 피가 분수처럼 뿜어져 나오고 있었다.

"다시 한 번 내게 협박을 해보지, 그래?"

피휘나드 린의 얼굴이 하얗게 질려가고 있었다.

피휘나드 린은 당황한 나머지 이 상황을 어떻게 해결해야 할지 난감하였다. 와이번들이 죽은 이상 자신들도 비공정이 부서지면 같이 죽어야 할 판국이었다. 하지만 더욱 염려스러운 것은 바로 유빈이었다.

'손도 대지 않고도 그 많은 와이번들의 목을 베다니⋯⋯.'

절대로 육안으로 보이지 않을 정도의 빠른 신법으로 와이번의 목을 벤 것이 아니었다.

드래곤 슬레이어라는 칭호는 순수한 검사로서 실력으로 그것을 들은 것은 아니었지만, 그녀 역시도 소드 마스터에 근접할 정도의 실력을 지니고 있었기 때문에 그 정도는 구별할 수 있었다.

"순수하게 인간이 검으로 오를 수 있는 최대의 경지를 눈으로 목격했는데, 꽤 떨떠름한가 보군."

"어, 어떻게… 그게 말이 되는 소리라고 하는 겁니까?"

현 대륙에서 검으로써 최대의 경지라 알려져 있는 것은 바로 그랜드 소드 마스터였다. 검을 자유자재로 다룰 수 있는 경지야말로 최고의 경지라고 이곳 이실로드 대륙의 사람들은 알고 있었다.

"내가 그걸 일일이 설명할 만큼 기분이 좋아 보이나?"

미약한 살기조차 느껴지지 않았고, 화가 난 표정을 지은 것도 아니었다. 하지만 피휘나드 린은 온몸에 소름이 끼칠 만큼 떨렸다. 유빈의 말 한마디 한마디마다 위압감이 느껴졌다.

'이, 이건 마치 주군과 같아…….'

"난 말이야, 말도 안 되는 상황을 만들어내서 협박하는 계집년 따위는 정말 마음에 들지 않는다."

휙!

유빈이 이번에는 무언가를 들어올리는 듯 손을 올렸다.

"꺄악! 모, 몸이……!!"

"아아악!"

죽은 와이번들을 멍하니 쳐다보고 있던 블랙 로즈 여기사단들의 몸이 천천히 공중으로 떠오르는 것이었다. 자신들의 능력으로 단련된 마나를 통해 거부하려고 해도 그녀들은 꼼짝도 할 수 없었다.

"이, 이게 무슨 짓이죠?"

"이제 너희들 장단에 맞춰주는 것도 끝이다."

"누구 마음대로!!"

그때 훼일리스와 대결을 펼치고 있던 데이워커들 중 한 명이 위기를 느꼈는지 손톱에 특유의 마기(魔氣)를 담아 유빈을 향해 몸을 날렸다.

"귀찮은 모기 새끼로군."

데이워커를 향해 가만히 놓고 있던 왼손을 들어올렸다.

부웅!

데이워커의 마기가 실린 손톱은 유빈의 몸에 털끝 하나 닿지 못한 채 여기사들과 마찬가지로 몸이 알 수 없는 힘에 묶여 공중으로 떠올랐다.

"크아악! 이, 이게 무슨 짓이냐!!"

"난 모기 새끼에게 경고 따윈 하지 않는다."

"뭐?!"

촤악!

투툭!

유빈이 다시 데이워커를 향해 가벼운 손짓을 하자 그의 목이 비공정의 갑판 위로 떨어졌다. 기사단이었기에 수많은 전장을 누벼온 그녀들이었지만, 눈 한 번 깜빡이지 않고 순식간에 목을 베어버리는 유빈을 보며 몸을 떨지 않을 수 없었다.

"죽을 각오조차 하지 않고 적을 상대하려는 멍청한 생각은 하지 않았겠지?"

"대, 대리자의 힘을 우습게 보지 마십……."

휙!

"꺄아아아아아악!"

피휘나드 린의 말이 끝나기도 전에 공중에 떠 있던 여기사들 중 한 명이 비공정 바깥으로 밀려 나가더니 아래로 추락해 버렸다. 여기사의 찢어질 듯한 비명 소리가 저 밑으로 파묻혀 가고 있었다.

"이… 잔인한 놈!!"

여기사들 중 한 명이 분에 못 이겨 유빈에게 소리를 질렀다.

"너희들의 목숨을 앗아가면 잔인하고, 다른 이의 목숨을 앗아가는 건 괜찮다니 웃기는 계집들이로구나."

"그, 그건……."

정곡을 찌르는 유빈의 말에 그녀들은 아무런 반박도 할 수가 없었다.

자신들은 습격자였고, 여차할 경우에는 비공정의 마나 엔진을 폭발시켜 전부 다 떨어뜨려 죽일 작정이었다. 방금 전에 흑월을 조종실로 보낸 이유도 바로 비공정을 떨어뜨리기 위해서였으니 말이다.

"왜, 그 대리자의 힘이라는 것으로 비공정을 한 번 더 내려쳐 보지 않겠나?"

"정말 치사하군요."

"착각하는군. 난 내 순수한 힘만으로 협박을 하는 것뿐인데 뭐가 치사하다는 거지?"

"내 기사단원들의 목숨을 당신이 쥐고 있는데 내가 어떻… 아!"

그녀는 순간 할 말을 잃고 말았다. 잘 생각해 보니 그녀들의 목숨을 쥐고 있는 것은 황궁 기사단도 아닌 바로 유빈이었다.

'저자는 이 비공정에 있는 사람들을 전부 지키기 위해서 그러는 것인데… 난 이들을 전부 죽이기 위해서……'

그녀는 갈등할 수밖에 없었다. 주군의 명이 우위이긴 하나 항상 기사도에 얽매여 있는 그녀로서는 어떤 식으로 말하든 자신들의 행동이 용납되지 않았다.

물론 피휘나드 린의 이런 생각은 그녀만의 착각이었다. 어디까지나 이들을 보호하기 위해서가 아니라 유빈, 자신을 상대로 협박하는 이들의 행동이 못마땅했기 때문이다.

무림에 있을 적에 유빈은 사랑하는 여인이 있었다. 하지만 그녀는 마교의 무리들에게 잡혀 죽임을 당했다. 마교의 무리들은 그녀를 인질로 해 유빈을 죽이려 했다. 물론 그것은 그녀의 죽음으로 실패했지만 말이다. 그 후로 유빈은 자신을 상대로 협박하는 자들은 가차없이 죽여 버렸다.

모든 싸움은 이미 중지되었다.

데이워커들도 유빈에게서 뿜어져 나오는 위압감으로 인해 가만히 지켜보고 있을 뿐이었다. 훼일리스 역시 유빈의 진정한 힘이 이 정도까지 일 줄은 생각조차 해본 적이 없었기 때문에 매우 놀라워하고 있었다.

"별수없군요."

잠시 생각에 빠져 있던 피휘나드 린이 입을 열었다.

"이렇게 복잡한 상황이라면… 제게도 주군의 명이 가장 우선입니다.

당신의 목숨을 가져가는 것이 최우선!!"

생사를 같이하는 부하들이긴 하나 그녀 역시도 주군이 있는 몸이었다. 와이번이 죽은 이상 그녀 역시도 목숨을 걸어야만 했다.

쇄아악!

옅어졌던 그녀의 적색 빛의 거대한 검이 다시 밝아졌다. 아까 전과 달리 유빈은 무심한 눈길로 빛의 검을 쳐다보았다. 마치 해볼 수 있으면 해보라는 듯한 그런 눈빛이었다.

"하압!"

짧은 기합 소리와 함께 그녀가 빛의 검을 휘두르자 강렬한 적색 빛의 줄기가 수십 갈래로 생겨나 유빈을 향해 쇄도했다.

슝!

하지만 수십 갈래나 되는 빛줄기는 유빈에게 닿지도 못한 채 저들끼리 부딪쳐 상쇄되어 버렸다.

'어디로 사라진 거지?'

아무리 강한 힘이라고 해도 상대방을 맞히지 않으면 소용이 없다. 유빈의 신형이 순식간에 사라져 버린 탓에 그가 어디로 갔는지 전혀 파악할 수 없는 그녀로서는 긴장의 연속이었다.

'뒤?'

쇄악!

본능적으로 뒤쪽에서 느껴지는 위암감에 그녀는 확인할 것도 없이 뒤로 빛의 검을 휘둘렀다.

"이제야 눈치채다니 둔하군."

"칫!"

고개를 숙여 빛의 검을 피한 유빈은 피휘나드 린의 가슴 쪽으로 파고들었다.

그녀는 당황스러워하지 않고 파고드는 유빈을 향해 발을 날렸다. 보통 발차기가 아닌 적색 빛이 실린 것이었기 때문에 유빈 역시 조심하는 차원에서 몸을 뒤로 빼 피할 수밖에 없었다.

'호신강기로도 막을 수 없는 것일지도 모르니 조심해야겠군.'

빛의 장력을 뚫고 들어와 약하지만, 그래도 어느 정도의 충격은 있기에 유빈은 섣불리 빛의 검에 대응할 수 없었다.

"음속의 기사라 불리는 저보다도 훨씬 빠르군요!!"

"웃기는군. 그 정도 쾌검술로 음속의 기사라?"

말뿐만이 아니라 유빈은 정말로 어이가 없어 웃음이 나올 지경이었다. 빛의 검을 제대로 다룬다면 조금 전처럼 쾌검의 움직임을 보일 테지만, 그 빛의 힘이 얼마나 육중한지 움직임이 훨씬 둔해진 줄도 모르고 음속이니 어쩌니 말하는 그녀가 우습기만 했다.

'단순히 빛이라면 가볍게 다룰 텐데……'

빛의 검이라기보다는 거대한 쌍검을 들고 휘두르는 듯한 느낌마저 주고 있었다.

타타탁!

순간 집중력이 흐트러진 탓일까. 허공섭물이 풀리는 순간 공중에 떠 있던 여기사들이 갑판 위로 떨어졌다. 단순히 공중에 떠 있었던 것이 아니라 상당한 압박감에 놓여 있었기 때문에 그녀들은 떨어진 자리에서 쉽게 일어나지 못했다.

"이들을 포박해라!"

그 기회를 놓칠 리가 없는 황궁 기사단이었다. 신속하게 그녀들이 가지고 있는 검을 빼앗은 뒤에 움직일 수 없도록 줄로 그녀들을 포박했다.

'아아, 빛의 검을 쓰는 게 오히려 내 목을 조이는 꼴이구나!'

피휘나드 린은 힘겹게 빛의 검을 휘두르며 후회하고 있었다. 사실 지상이었더라면 빛의 검을 마음껏 휘둘러도 상관이 없겠지만, 와이번이 없는 이상 그녀 역시도 비공정이 부서지지 않게 주의할 수밖에 없었다.

'조금만 잘못 휘둘렀다가는……'

빛의 검의 위력은 가히 상상을 초월하기 때문에 까딱 잘못 휘둘렀다간 비공정 전체가 동강나 버린다. 그러니 움직임이 부자연스러울 수밖에 없는 것이었다.

'움직임이 부자연스러운 이유가 역시 그런 건가?'

탐색하듯 그녀의 주위를 맴돌며 치고 빠지던 유빈 역시도 그녀의 움직임이 왜 그렇게 둔해졌는지 알 수 있었다.

빛의 검을 휘두르다 검이 바닥에 닿으려 하는 순간 팔을 들어올려 그것을 피하는 모습을 확인했기 때문이다.

"응?"

탁!

유빈이 갑자기 공격을 중단하고 멈춰 서자 의아해진 그녀가 소리쳤다.

"왜 멈추는 거죠?"

"젠장! 한발 늦은 건가?"

콰콰쾅!

유빈의 말이 끝나는 순간 비공정 조종실 쪽에서 폭음과 함께 폭발이
일어났다.

"불이야!!"

"조, 조종실이 폭발하다니!"

선내가 아닌 갑판 위에 올라와 있던 승무원들과 기사들은 난리가 났
다.

불이 선 내외로 급속도로 번져기 시작했다.

조종실이 폭발하면서 내부에 있는 마나 엔진에도 무리가 갔는지 힘
차게 잘 돌고 있던 프로펠라들이 천천히 약해지더니 결국 멈춰 버렸다.

구우우우!

프로펠라가 모두 멈추자 비공정 선체가 빠르게 앞으로 기울고 있었
다. 아무래도 아직까지 불이 번지지 않은 갑판 위쪽으로 승무원들이
몰려갔기 때문에 무게가 더욱 실릴 수밖에 없는 상황이었다.

구우우우!

"비, 비공정이 떨어진다!"

비공정 선체가 앞으로 급속하게 기울면서 모든 사람들이 균형을 잡
지 못하고 기우는 방향으로 넘어지며 미끄러져 내려갔다.

"으아아악! 사아아알려어어어줘어어어~"

"아아아아아악!"

너무 급속도로 선체가 기우는 바람에 뭔가를 잡지 못한 사람들은 전
부 미끌려져 지상으로 떨어져 버렸다. 포박당해 있었던 대부분의 블랙
로즈 여기사들은 어이없이 아래로 떨어져 버렸다. 물론 정신을 차리고

마나를 일으켜 줄을 끊은 몇몇 여기사들은 선체에 고정되어 있는 기둥이나 뭔가를 잡아 간신히 떨어지는 것을 피했지만 말이다.

비상 마나 엔진이 있는지라 선체는 기울었어도 비공정은 천천히 추락해 가고 있었다.

"젠장! 결국 잡지 못한 거냐!"

세 명이라면 가볍게 흑월을 제압할 수 있을 거란 생각에 부탁한 것이었다. 그러나 조종실과 마나 엔진이 폭발해 선체가 기울고 있는 것으로 보아 결국 흑월을 잡지 못했다는 의미였다.

타탁!

경공에 탁월한 유빈은 기우는 선체의 영향을 그다지 크게 받지 않았다. 훼일리스는 마법사이다 보니 플라이(Fly) 마법을 이용해 둥둥 떠서 데이워커들과 여전히 공방을 벌이고 있었다. 화 계열의 마법이 공격하기에 가장 좋다 보니 불꽃이 사방에 난무하고 있었다.

"이 상황에서 마법을 그렇게 난무하면!"

콰쾅!

"…제기랄!"

결국 훼일리스가 날린 불꽃의 덩어리들은 안 그래도 앞으로 기울어져 있어 불안해져 있는 비공정에 큰 타격을 주었다.

끼이이이!

"더 기울잖아!!"

"으아아아아아악!"

누군가가 떨어지는 소리들이 메아리처럼 울려 퍼졌다.

선체는 거의 수직 방향으로 기울다시피 하고 있었다. 선체에 고정되어 있는 뭔가를 잡지 못한 이들은 전부 지상으로 떨어져 버렸다.

탁!

"으에에! 왜 이렇게 기운 거야?"

미처 신경 쓰지 못하고 있던 공작과 네일을 구한 것은 다름 아닌 세 명이었다. 어느새 선내에서 빠져나와 아슬아슬하게 그들을 구한 것 같았다. 네일 역시도 무슨 일이 있었는지 기절해 있었다. 덕분에 세명은 양팔에 그들 부자를 안고 있었다. 여려 보이는 소녀의 모습으로 그들을 안고 있는 모습이 어색하기 짝이 없었다.

"용케도 구했구나. 잊고 있었는데……."

"우음, 정말 미안해. 막으려고 했는데, 내가 갔을 땐 이미……."

"그래서 잽싸게 나와 가족들을 구한 거냐?"

"헤헤, 별 도리가 없잖아."

"지금 웃을 때가 아니잖아!"

세명이 달려갔을 땐 이미 조종실에 있는 사람들은 모두 죽어 있는 상태였고, 마나 엔진 역시도 폭발하기 직전 상태에 이르러 있었다. 비공정의 선내가 폭발하기 직전에 빠져나온 세명은 급하게 공작과 네일을 찾았던 것이다. 만약 그렇게 하지 않았다면, 기절해 있던 공작이나 별다른 능력이 없는 네일은 진작에 미끄러져 저 아래로 떨어졌을 것이다.

"젠장! 흑월 녀석에게 와이번들이 죽은 걸 말했어야 했는데……."

한편 피휘나드 린은 선체의 기둥 중 하나를 붙잡아 간신히 떨어지는 것을 피할 수 있었다.

그녀는 얼굴이 붉으락푸르락해져서 흑월을 욕하고 있었다. 와이번이 죽으면서 자신들이 탈출할 방법이 없어졌다는 사실을 흑월에게 미처 얘기하지 못했던 것이다.

근래에 들어서 일 처리가 시원치 못한 그였는데, 꼭 이럴 때 일을 쉽게 성공할 줄이야 누가 알았겠는가.

"그런데 저 인간은 정말 괴물 아냐!"

단순히 선체가 수직으로 기운 것이라면 상관없겠지만, 점점 떨어지는 속도가 빨라지면서 관성 때문에 비공정에 달라붙어 떨어질 수가 없었다.

그것은 드래곤 슬레이어인 피휘나드 린 역시도 예외가 아니었다. 비공정 무게만큼의 관성을 이겨낼 힘은 없었다. 하지만 유빈은 그 예외라는 것에 포함되어 있었다.

"어떻게 저렇게 움직일 수 있는 거지?"

관성의 영향을 전혀 받지 않는 듯했다. 유빈은 비공정의 돛대(선체의 모양이 배이기 때문에 돛대 역시 존재한다) 위에 서 있었다. 이 정도 관성의 압력이라면, 절대로 돛대 위에 설 수가 없었다. 그것을 붙잡고 있어도 힘든 판에 오히려 평지에 서 있는 듯 있으니 그녀로서는 괴물이라는 소리가 나오는 것이 당연했다.

'흑월 녀석이 아직도 모습을 드러내지 않고 있는데, 혹시… 비공정을 완전히 부수려고?'

소기의 목적을 달성했음에도 불구하고 흑월이 모습을 드러내지 않자 그녀로서는 걱정될 수밖에 없었다. 이대로 떨어져도 살아남을 수나 있을지 모르는 판국에, 비공정이 아예 산산조각난다면 일말의 희망조차 잃게 되버린다.

"주, 주인님, 몸을 가누기가 힘듭니다."

한편 불꽃 마법을 난사하던 훼일리스는 기둥에 찰싹 달라붙어서 꼼짝을 하지 못하고 있었다.

'배에다 그 불꽃만 난사하지 않았어도 잘하면 무사히 착륙할 수 있었는데……'

"훼일리스."

"으으… 네에."

"마법으로 어떻게 할 수 없나?"

마법이라면 무슨 방법이 있지 않을까 하는 생각에 물은 것이었지만, 쉽게 방법이 있을 리 만무했다.

"젠장, 비공정을 타는 게 아니었는데. 괜한 호기심 때문에……"

무리한 강행을 해서라도 산을 오르는 방법도 있었지만, 비공정이라는 것에 호기심을 느껴 한번 타볼까 하는 욕망이 이런 위기를 초래하고 말았다. 하지만 어쩌겠는가, 이미 지난 일인 것을. 지금은 이 위기를 타개할 방법을 강구하는 것이 문제였다.

콰쾅!

설상가상. 흑월은 절대로 가만히 놀고 있을 위인이 아니었다. 세명이 공작과 네일을 구하러 가는 동안, 결국은 비상 마나 엔진을 찾아낸 것 같았다.

"주, 주인님! 비상 마나 엔진이 폭발한 듯싶습니다."

"나도 알아!"

고오오오! 쾅!

비상 마나 엔진 덕에 그나마 떨어지는 속도를 줄일 수 있었는데, 그것마저 폭발하자 안 그래도 불길이 번져 위험한 상태인 비공정이 산산조각나고 말았다. 전투용으로 제작된 것이 아니었기 때문에 비공정은 폭발력을 견뎌내지 못한 것이다.

"으아아악!"

애꿎은 사람들만 불쌍하게 되었다. 어떻게든 살아남기 위해 악착같이 비공정에 달라붙어 있었는데, 그것마저 부서지니 그들로서는 마냥 떨어질 수밖에 없었다.

"젠장, 오늘 일진이 좋지 않군."

빠각!

유빈은 자신이 딛고 있는 비공정 돛대의 일부를 내력을 실은 발로 찼다. 그러자 돛대는 힘없이 부러졌다. 어떻게든 발을 디딜 곳을 만들어야 했기에 돛대를 부러뜨린 것이었다.

탁!

돛대를 밟고 선 유빈은 최대한 균형을 잡으려고 하였다. 하나,

탁!

"헤헤, 떨어져 죽을 뻔했다."

'이 녀석이! 갑자기 뛰어들면…….'

갑작스럽게 세명이 나타나 돛대의 끝부분을 디디면서 균형이 깨져 돛대는 빙글빙글 돌았다.

"으에에에에!"

꽤나 어지러운지 세명이 소리를 질렀다. 물론 정말로 어지러워서라 기보다는 반장난 식의 소리였다. 이런 상황에도 장난기가 다분한 걸 보면 참으로 대단하다.

"소리 지르지 마! 정신 사납잖아. 여자도 아니고!"

"여자야!"

"여자처럼 지르던가, 임마!"

"꺄아아아아악!"

"그냥 원래대로 소리 질러라."

공작을 비롯한 세 명의 몸무게와 동일하게 맞추기 위해 유빈은 만근 추로 몸무게를 늘려 균형을 맞춰야만 했다.

"너 정말 오늘따라 도움이 안 된다!!"

"헤헤헤, 미안혀."

"이 상황에서 웃음이 나오냐!"

유빈이나 세명은 쌓은 경지가 있기 때문에 부공술을 이용해 공중에 뜰 수 있었지만, 그것은 아주 잠시뿐이었다. 이럴 땐 정말 마법사인 훼 일리스가 부러워지는 상황이었다.

"주공! 괜찮으십니까?"

둥둥!

플라이 마법으로 공중에 떠서 굉장한 속도로 떨어지고 있는 그들을 잘 따라오고 있었다. 이렇게 된다면 살아남는 자는 분명 훼일리스뿐일 것이다. 그러나 훼일리스는 유빈을 포기하지 않을 것이다. 유빈이 죽 는다면, 심장 안에서 돌고 있는 무상검경의 검기가 폭주해 목숨이 위태 롭기 때문이었다.

"주공, 다른 자들은 어쩔 수 없다 치고, 제가 지상에 떨어지기 직전 쯤에 바람의 마법으로 충격을 최대한 줄여보겠습니다."

"다른 방법은 없나? 뭐, 혹시 텔레포트라도 같이 한다던가."

"9써클의 마법사가 아닌 이상 마법진을 그리지 않고는 불가능합니다."

"그럼 별다른 방법이 없군. 앞서 말한 것밖에……."

"잠깐만! 다른 사람들도 구할 수는 없을까요?"

그들 말고도 꽤 많은 이들이 같이 떨어지고 있었다. 세명은 장난기는 많으나 천성이 도사였다. 사람의 목숨을 쉽게 저버릴 수가 없었다. 어떻게든 구할 수 있다면 구하고 싶은 것이 그의 심정이었다.

"크흠, 다른 사람을 구할 여력까진 되지 않는군요."

하지만 훼일리스는 딱 잘라서 거절했다. 지금 생각하는 방법은 성공 여부가 불확실하기 때문에 그로서도 자신이 없었고, 자신과 무관한 이들을 구하고 싶은 이유도 없는 까닭이었다.

"아아……."

마법에 대해 별다른 관심을 가져 온 것이 아니었기 때문에 훼일리스가 하는 말을 곧이곧대로 받아들일 수밖에 없는 세명은 안타까운 시선으로 떨어지는 이들을 바라봐야만 했다.

"너무 높아서 잘 보이지 않았는데, 이제 확실하게 보인다."

대략의 높이를 측정하기 위해 아래를 쳐다봤던 유빈은 2~3분 정도면 땅에 도달할 거라 예상할 수 있었다.

어떻게 충격을 줄일 수 있을까 걱정하고 있던 참이었다.

"하아아압!"

설마 이런 상황에서까지 공격할 줄 몰랐던 유빈으로서는 갑작스러운 기합과 함께 느껴지는 강렬한 기운에 당황하고 말았다.

"서, 설마 동귀어진이라도 하겠다는 거냐?"

강렬한 기운의 주인공은 다름 아닌 피휘나드 린이었다.

그녀는 붉은 빛에 둘러싸여 있었는데, 아까 전과 같이 양팔에 거대한 빛의 검이 들려 있었다.

'이대로 죽을 바에는 사명만큼은 완수하고 죽는다!'

그녀의 목적은 바로 그것이었다. 흑월이 비공정을 완전히 부숴놓는 바람에 자신마저 죽을 위기에 처하자 명령만이라도 이행하기 위해 떨어지는 와중에도 유빈을 공격한 것이었다.

촤아악!

"젠장!"

탁!

비공정에서처럼 제약이 따르지 않자 그녀의 움직임은 허공이라도 날렵하기 그지없었다. 유빈과 세명은 동시에 돛대에서 몸을 피했다.

'이 여자애 혹시……?'

무작정 유빈을 죽일 작정으로 몸을 날렸던 그녀는 그제야 세명의 존재를 눈치챌 수 있었다. 공녀라 별 생각 없이 있었는데, 유빈과 같은 몸놀림을 보이자 그녀로선 놀랄 수밖에 없었다.

'설마 흑월의 묵살강검을 막았다는 그 소녀?'

촤아악!

우연일지도 모른다는 생각에 그녀는 세명을 향해 빛줄기를 날렸다.

"으에에? 유빈이 아니라 왜 나야?"

말은 그렇게 하면서도 세명은 허공답보를 펼쳐 계단을 걷듯 위로 올라가 빛줄기를 피해냈다.

"허공에서 걷다니!"

피휘나드 린은 놀라서 입을 다물지 못했다. 양팔에는 공작과 그 아들을 끼고 있으면서도 빛줄기를 너무 쉽게 피해냈다.

"역시 네가 그 소녀구나!"

린은 아랫입술을 깨물며 세명을 노려보았다.

"한눈팔지 마라."

"앗!"

어느새 유빈의 손에서는 강기가 실려 있었다.

파곽!

한순간의 방심으로 강기가 실린 장(掌)에 맞게 되었지만, 그녀의 몸을 두르고 있는 적색 빛은 단순히 공격의 역할만 하는 것이 아니었다.

"크윽!"

마치 호신강기처럼 몸을 보호하는 역할을 하는지 그녀는 강기의 힘에 밀려 튕겨 나갔지만 별다른 충격이나 내상을 입지는 않았다.

"강기를 튕겨내?"

강기를 튕겨낼 만큼의 뛰어난 방어 효과를 보이는 적색 빛, 하지만 그것에도 약점이 있었다. 한 번의 접촉이었지만 유빈은 그것을 알아챘다.

'강기를 빛으로 튕겨낸 것에 불과하다. 그렇다면 외부적인 물리력보다는…….'

내부로 충격을 주는 발경이나 경력 계통의 힘이라면 피휘나드 린에게 충분히 내상을 입힐 수 있다.

고오오오!

"응?"

촤아악!

독특한 기운.

낌새를 알아챈 유빈은 최대한 몸을 비틀었다. 그의 왼쪽 옆구리와 머리 위로 붉은 광채가 스쳐 지나갔다. 그녀가 말하는 대리자의 힘은 그 위력이 굉장하지만 낌새를 알아채기 힘든 것이었기 때문에 기습적인 공격에는 유빈 역시도 아슬아슬하게 피할 수밖에 없었다.

'몸을 움직일 때마다 확실히 불편하군.'

선인의 육체이면서 내공으로 몸을 보호하고 있었지만 떨어지는 속도가 굉장히 빠르고, 높은 상공이다 보니 높은 기압으로 인해 움직임이 불편했다.

'세명보다는 공작과 네일이 걱정이군. 내장이 파열될지도…….'

비공정이 부서질 당시에는 몰랐지만 이 정도의 압력은 보통 사람이 견디기 힘든 것이었다.

하지만 걱정과 달리 허공답보를 펼쳐 피휘나드 린에게서 최대한 멀리 떨어진 세명은 내공으로 그들의 몸까지 보호하고 있었다.

항상 밝은 표정을 짓고 있는 세명이지만, 생사를 장담하기 힘든 상황이었기에 갈수록 안색이 어두워졌다.

"훼일리스, 5분 내로 지상에 닿게 되니 준비해라."

수십 갈래로 자신을 향해 쇄도해 오는 빛줄기를 피해가며 유빈은 전음을 날렸다. 처음 듣는 전음에 훼일리스는 당황했지만 밑을 쳐다보는 순간 얼굴이 하얗게 변해 굳어졌다.

'이 정도의 속도라며 얼마 안 가…….'

떨어진다면 뼈도 못 추릴 것이다.

훼일리스는 급히 바람의 마법 주문을 외우기 시작했다.

그래도 다행인 점은 성도에서 멀리 나오지 않은 곳에서 습격당했기 때문에 마나 파장에는 별다른 문제가 없었다. 만약 미케우르스 산 근처였다면 마나 파장의 굴곡이 심해 마법을 쓰기 힘들었을 것이다.

스슥!

"아, 훼일리스님!"

세명의 옆으로 푸른 광채와 함께 훼일리스가 나타났다. 세명과 상당히 거리가 떨어져 있었기 때문에 그로서는 텔레포트를 할 수밖에 없었다. 마나로 몸을 보호하고 있었지만 유빈들에 비해 몸이 단련이 되지 않은 그였기에, 플라이 마법을 쓴다고 해도 떨어지는 속도나 기압을 견뎌가며 세명을 향해 날아가긴 힘들었다.

"으으… 공녀님, 어서 유빈님을… 불러야 합니다."

입을 여는 것조차 버거운지 훼일리스는 오만상을 다 찌푸리며 말했다.

이에 세명은 얼른 유빈에게 전음을 날렸다.

"유빈아, 어서 이쪽으로 와."

"훼일리스도 같이 있냐?"

"그래, 준비가 끝난 것 같아."

"알겠어. 곧 가지."

'미안한 얘기지만 서둘러야겠어.'

쉴 틈 없이 빛줄기를 난사하고 있는 피화나드 린을 보며 유빈은 의미심장한 미소를 지었다. 그의 손에서 푸른 광채와 함께 검기가 생성

되었다.

"성명검도, 천도검양(穿道劍洋)!"

촤아악!

수천 가닥의 검기가 회오리를 치며 일어났다. 원래 수많은 적을 감당하기 위한 초식이었지만, 유빈은 그런 수천 가닥의 검기를 피휘나드린을 향해 전부 날렸다. 이런 상황에서 그녀가 그것을 막을 수 있을까?

"이, 이건!"

무작정 떨어지는 상황이었기 때문에 보이는 대로 빛줄기를 날려대던 그녀였지만, 이렇게 수천 가닥의 검기가 자신을 향해 쇄도해 오는 것을 보자 당황스럽고 겁이 날 수밖에 없었다.

"성명검도의 검결이 실린 검기다. 단순히 몸에 두르고 있는 빛만 믿고 있다면 오산이다."

파파파팍!

"아악!"

순식간에 유빈의 천도검양의 천 가닥의 검기가 그녀에게 강타했다. 검기 가닥들이 얼마나 많은지 그녀의 몸을 뒤덮어 그 모습이 보이지 않을 정도였다.

"검기에 묻혀 죽었으니 검사로서는… 어울리는 죽음이겠지."

하늘을 자유자재로 날 수 있는 경신법 따위는 있을 리가 없으니, 유빈은 경공의 최고 경지인 허공답보를 펼쳐 세명과 훼일리스 쪽으로 가려 했다.

바로 그때였다.

쇄아아아!

그녀를 뒤로한 채 허공을 밟고 그들에게로 가려던 유빈은 뒤쪽에서 나는 후광으로 인해 고개를 돌릴 수밖에 없었다.

검기에 뒤덮여 흔적도 없이 죽었을 거라 여겼던 그녀가 아까와는 비교도 되지 않을 정도로 강렬한 빛을 내뿜고 있었다. 너무 밝아서 눈을 뜰 수가 없을 지경이었다.

"이게 무슨 조화지?"

놀란 유빈은 안력을 최대한 높여 그녀를 바라보았다.

"설마… 불사… 조?"

그녀의 몸 주위에서 일어나는 빛은 피닉스(불사조)의 형태를 띠고 있었다. 검의 형태였을 때와는 비교도 되지 않을 정도로 온몸이 찌릿찌릿해 올 만큼의 강렬한 적색 빛이었다.

"빛인데… 마치 타오를 것만 같군."

눈이 부실 정도로 강렬한 적색 빛의 피닉스. 아주 잠시 동안 시간이 멈춘 것 같은 그런 느낌이 그를 사로잡았다.

고개를 돌려 세명과 훼일리스를 쳐다보았다. 그들은 뭔가를 말하려는 듯 경악의 표정을 지은 채 아우성을 치고 있었다. 하지만 아무것도 들리지 않았다.

쏴아아아악!

순식간에 적색 빛의 거대한 피닉스가 날개를 활짝 펴며 유빈을 삼켜 버렸다.

치이익!

금강불괴에 가까운 최상의 신체라 불리는 선인의 육체를 지니고 있는 유빈이었지만, 적색 빛이 몸에 닿자 살이 타 들어가는 것을 느꼈다.

'내가 왜 가만히 있었던 거지?'

피닉스를 보는 순간 어떤 망념에 빠져 잠시 동안 헤어나질 못했다. 하지만 살이 타는 느낌으로 인해 곧 정신을 차릴 수 있었다.

'선인의 육체를 지닌 내 몸마저 타 들어갈 정도라니!'

정신을 차리면서 본능적으로 호신강기를 펼쳤음에도 불구하고 살이 타 들어가는 것은 수그러들지 않았다.

'도대체 이게 무슨……!'

너무나도 밝은 나머지 눈을 뜰 수조차 없었고, 온몸이 타 들어가는 고통 때문에 정신을 차릴 수가 없었다.

'다른 방법이 없다. 시, 심검(心劍)!'

어지간한 경우에도 심검을 쓰지 않는 유빈이었지만, 온몸이 타 들어가자 어떻게서든 벗어나야 한다는 생각에 마음의 검마저 출수시켰다.

촤촤촤악!

순식간에 유빈의 몸을 둘러싸고 있던 적색 빛은 찰나의 빛을 베어버리는 심검에 의해 소멸되어 버렸다. 피닉스의 형태로 그녀의 몸을 둘러싸고 있던 적색 빛은 완전히 수그러들었다.

"아아……."

촤아악!

그녀의 양팔은 심검에 의해 깨끗하게 베여 있었고, 피가 분수처럼 뿜어져 나왔다. 빨리 조치를 취하지 않는다면 필시 과다 출혈로 죽을 것이 뻔했다. 사실 출혈로 죽기 전에 땅에 떨어져 죽을 확률이 더 높았지만.

유빈 역시도 마찬가지의 상황이었다. 급하게 심검을 써서 그녀의 그 정체 모를 적색 빛을 물리치긴 했으나 온몸에 심한 화상을 입었다. 그의 은발은 다 타 들어가 있었고, 얼핏 보아선 그 모습을 알아보기도 힘들 정도였다.

"젠장, 이런 말도 안 되는 힘이……."

유빈은 정신을 잃고 말았다.

"안 돼! 유빈아!"

그 모습에 세명이 소리쳤다.

적색 빛의 피닉스에게 삼켜진 유빈이 그것을 심검으로 베고 나왔을 때 세명은 비로소 안도할 수 있었다. 하지만 그의 부상이 심하다는 사실을 알게 되자 경악하고 말았다.

"도, 도대체 저 빛이 뭐기에……."

유빈과 겨루면서 어느 누구도 그에게 해를 가할 수 없다고 생각한 세명이었다. 그런데 유빈이 저런 화상을 입을 정도라면…….

"얼핏 보기에는 빛처럼 보이지만, 꺼지지 않는 피닉스의 불꽃입니다."

훼일리스가 무거운 목소리로 입을 열었다.

"그럼 대리자의 힘이라는 게……?"

"피휘나드 린은 신수, 피닉스의 대리자입니다."

신수(神獸), 말 그대로 신에 필적하는 영물이다. 대륙을 창조한 조물주가 만든 세 신수 중 하나인 피닉스는 불을 관장하는 영물이다. 물론 대륙이 창조될 때부터 있었으며, 인간을 초월하는 자아를 지닌 존재이다.

"피닉스의 불꽃은 신들의 혼백마저 태워 버린다고 할 만큼 대단합니다. 그녀가 대리자, 피닉스만큼은 아니더라도 그 불꽃의 힘은… 지옥의 겁화와 맞먹거나 그 이상일 겁니다."

"지… 옥의 겁화!"

'그래서 선인의 육체를 지닌 유빈이가 저렇게 심한 화상을 입은 건가?'

인간의 힘으로 광룡을 없앴다는 소문의 진상은 바로 그것이었다. 피닉스의 불꽃이라면 능히 드래곤의 비늘을 태울 수 있었다.

"어쨌든 유빈에게로 가야 해."

"더… 이상은 무리… 입니다. 말… 하는 것조차… 버거워질……."

서로 말하는 것이 점점 힘들어질 정도로 가속도가 붙고 있었다. 양팔에 공작과 네일을 걸치고 있지 않았더라면 당장에 무리를 해서라도 유빈을 향해 갔을 것이다. 하지만 내공으로 보호를 하고 있는 데도 공작과 네일의 입 안에는 잔뜩 피가 고여 있었고, 얼굴이 붉어지며 심하게 부어올랐다. 섣불리 움직였다간 기압에 못 이겨 장기 기관이 전부 파열될 것이다.

'훼일리스님에게 맡기는 것이… 아아…….'

훼일리스는 마법사였기 때문에 그들처럼 내공으로 몸을 보호할 수 없었다. 그 역시도 얼굴이 많이 붉어져 있었고 조금씩 입가에 피가 흘러나오고 있었다.

"마법으로 어떻게 할 방법이 없을까요?"

말을 하는 것이 힘들다고 느낀 세명이 전음을 날려서 물었다. 상황은 너무 급박하기 짝이 없었다. 얼마 안 남았다. 지상에 도착하기까지는 불과 2분 이내였다.

"바… 람의 마법을 최대… 한 넓게 해보도록… 하겠습… 니다."

처음 도전하는 것이었지만, 유빈을 구하기 위해선 반경 2㎞ 범위 내에 바람의 마법을 펼치기로 마음먹은 그였다.

다른 사람은 몰라도 유빈만큼은 죽게 내버릴 수 없는 그였다. 유빈이 죽으면 그 역시도 무상검경이 발작해 죽어야 하는 처지니까 말이다.

'이제 카운트 다운이다. 클클, 이 나이에 이런 모험을 해야 하는 처지가 되다니……'

조금씩 훼일리스의 몸에서 바람이 일고 있었다.

파닥파닥!

하지만 엎친 데 덮친 격이라고 해야 할까? 파닥거리는 날갯짓 소리에 잠시 시선을 돌린 훼일리스와 세명의 눈이 휘둥그레졌다.

"이, 이건!"

수많은 박쥐 떼가 그들을 향해 몰려오고 있었다.

분명 이 박쥐 떼는 흑월이었다.

"아까 비공정을 망가뜨린 놈이로구나!"

어지간해서는 살심을 품지 않는 그였지만, 유빈마저 저렇게 되고 많은 이들이 죽음의 위기에 처해지자 흑월을 용서할 수가 없었다.

유빈처럼 검의 최고의 경지에 오른 것은 아니었지만, 세명은 퇴법에·도 약간 조예가 있었다. 양팔에 걸친 짐(?)들이 있음에도 불구하고 그는 자유자재로 발을 휘둘러 박쥐들을 걷어찼다.

단지 치마만 입은 것이 아니었다면 꽤 그림이 되었을 거다.

스슥!

더군다나 박쥐 떼는 세명들을 전혀 염두하지 않는 듯 자연스럽게 지나쳐 갔다.

"앗! 목표가 우리가 아니었어?"

그들을 지나쳐 박쥐 떼가 향하는 곳은 바로 화상을 입은 채 정신을 잃고 있는 유빈이었다.

"파… 이어 볼!"

유빈에 대한 흑월의 분노가 얼마나 큰지 알고 있는 훼일리스는 급히 박쥐 떼를 향해 파이어 볼을 날렸다.

화르륵!

보통의 데이워커들은 박쥐 상태로 변했을 때는 약한 불 계열의 마법이라도 영향을 받게 되어 있다. 심하면 그 자리에서 불타 재로 변해 죽는다.

'아닛!'

훼일리스의 얼굴이 심하게 구겨졌다. 적어도 타격을 입어 유빈에게서 떨어지길 바랐는데, 오히려 불꽃은 박쥐 떼에는 아무런 영향조차 주지 못한 채 지나가더니 엉뚱하게도 유빈을 맞히고 말았다.

쾅!

안 그래도 정신을 잃고 떨어져 나가고 있던 유빈은 파이어 볼을 맞는 순간의 폭발력으로 인해 멀찌감치 튕겨 나가 더욱 빠른 속도로 떨어져 갔다.

휘리릭!

그때 유빈의 숨통을 끊기 위해 다가가는 것이라 생각했던 박쥐 떼가 방향을 꺾더니 마찬가지로 정신을 잃은 채 떨어지고 있는 피휘나드 린에게로 날아가 그녀를 붙잡고는 서쪽 방향으로 유유히 사라져 가는 것이 아닌가.

‘제기랄, 이젠 어쩔 도리가 없구나.’

훼일리스는 과감히 유빈을 포기하기로 결심했다. 유빈이 죽는 순간 자신 역시도 죽는다는 것을 알고는 있었지만 이젠 어쩔 수 없었다.

“윈드(Wind).”

슬픈 바람이 불어와 그들을 부드럽게 감싸 안았다.

뚝!

“유빈이를… 유빈이…….”

세명의 하얗고 고운 뺨 위로 눈물이 흘러내렸다.

스스로 자각하지 못하는 사이에 많이 여려진 그녀였다. 친구를 구하지 못했다는 것이 날카로운 비수가 되어 그녀의 가슴을 쿡쿡 찌르고 있었다.

떨어지기 직전에 바람의 마법을 쓰는 도박에 그들은 성공했다. 바람이 감싸 안으며 가속도와 관성이 점차 줄어들어 안전하게 착지할 수 있었던 것이다.

허나 정작 그들은 중요한 한 사람을 잃고 말았다.

“하아, 하… 공녀님, 너무 심려하지 마십쇼. 아직 그분은 살아 있습니다.”

오열하는 그녀에게 위로의 말을 건넨 것은 바로 훼일리스였다. 그가 살아 있다는 것은 바로 유빈이 살아 있다는 것을 뜻했다.

‘크으…….’

하지만 유빈에게 뭔가 변고가 생겼다는 사실을 알려주는 듯이 그의 심장이 따끔거리며 아파왔다. 무상검경의 검기가 동요하고 있었다.

그들이 있는 곳에서 조금 떨어져 있는 숲.

온몸에 화상을 입어 신원조차 알 수 없는 사내가 쓰러져 있었다.

바닥이 피로 얼룩질 만큼 출혈이 심했다.

스슥!

그때 수풀 사이로 한 초로의 노인이 걸어 나왔다.

별다른 생각 없이 수풀을 지나쳐 가던 노인의 눈에서 희미한 빛이 흘러나왔다. 온몸에 지독한 화상을 입었음에도 불구하고 살아 있는 사람을 보니 관심이 쏠리는 것은 당연했다.

"재미있어. 어떻게 이런 상태로 살아 있을 수 있는 거지?"

초로의 노인은 단순히 육안으로 훑어보는 것만으로 유빈이 살아 있다는 것을 알아냈다. 그것만으로도 노인이 보통 사람이 아님을 뜻했다.

"화상을 입은 지 얼마 되지 않은 것 같군."

노인은 쓰러져 있는 유빈에게로 다가갔다.

"굉장한 열기로군. 가까이 다가왔을 뿐인데도 이렇게 후끈거리다니……."

신수, 피닉스의 불꽃에 화상을 입었으니 그 열기가 쉽게 가실 리가 없었다. 만약 선인의 육체가 아니었다면, 유빈은 그 자리에서 타 죽었을지도 모른다.

치이이!

"읏, 뜨거! 도대체 어떤 식으로 화상을 입었기에 이런 거지?"

열기에 호기심을 느끼고 유빈의 몸을 만져 본 노인은 기겁을 하며 얼른 손을 뗐다. 살짝 만져 보았을 뿐인데도 그의 손 역시 붉게 달아올라 있었다.

"흐음, 이걸 어떻게 데려가나……."

화상을 입은 유빈의 몸은 보통 사람이 만지기엔 너무나도 뜨거웠다.

변화

안개의 숲.

한 해 내내 안개가 걷히지 않는다고 해서 붙여진 이름이다. 그러나 보통 사람들은 이곳을 마의 숲이라고 부른다. 그 이유는 이 숲에 들어간 사람 중에서 살아 나온 이가 드물기 때문이었다.

안개의 숲에는 항상 안개가 자욱했는데, 숲에 들어서는 순간부터 앞이 보이지 않을 정도였다. 그래서 사람들은 안개의 숲에서 길을 잃기 십상이었다. 그러나 정말 사람들이 이 숲을 꺼려하는 까닭은, 이곳에 어둠의 일족들이 살아가고 있었기 때문이다.

빛이 스며들지 않는 안개의 숲은 그들에게 가장 좋은 안식처였다.

그런 안개의 숲 한가운데에 오두막이 한 채 지어져 있었다. 평범한 오두막 집이었지만, 인적이 드물고 으슥한 이런 곳에 지어져 있으니 약간 음산한 기분이 들게 했다.

스슥!

오두막 집 앞으로 인기척이 느껴졌다.

똑똑.

온통 검은색 복장을 한 낯선 사내가 오두막 집의 문을 두들겼다. 몇 번을 두들긴 후에야 오두막 집의 문이 열렸다.

끼이익!

"뉘시오?"

오두막 집의 문을 연 사람은 다름 아닌 화상을 입은 유빈을 발견한 그 초로의 노인이었다.

"부탁한 물건을 들고 왔소."

검은색 복장의 사내의 음성은 음산하기 짝이 없었다. 사내는 들고 있던 회색 병을 노인에게 넘겼다.

"오오, 무리한 부탁이라고 생각했는데."

"당신의 연구는 언제나 우리에게 도움이 되는 것이니 부담 갖지 마시오."

"어쨌거나 고맙소. 다음 기회에 쿤께 내가 직접 찾아뵙겠다고 전하시오."

"알겠소. 그리 전하리다."

스슥.

사내는 말을 마치는 순간 안개처럼 흩어져 사라졌다. 분명 어둠의 일족만이 가지고 있는 능력이었다.

그가 완전히 사라졌다고 생각한 노인은 음흉한 미소를 지었다.

"흐흐흐, 오늘은 정말 수지 맞은 날이군. 구하기 힘든 퀸의 피까지 얻다니 말이야."

회색 병을 보며 회색이 만연해진 노인은 문을 닫고 오두막 안으로 들어갔다.

오두막 집은 노인이 혼자 살기에는 부족함이 없었다. 거실과 부엌, 그리고 침실로 보이는 방 하나, 문과 대치되는 방향 쪽에는 벽난로가 있어 오두막 안을 훈훈하게 하고 있었다.

"거절할 줄 알았는데… 다행이군."

노인의 단 하나뿐인 방 안에는 온통 서적들로 가득했다. 잠을 자는 침실이라기보다는 서재라고 보는 편이 더 나을 듯했다. 흠이라면 책을 본 후 책장에 꽂아놓지 않아 방 안이 어지럽다는 것이다.

"으음, 내가 봐도 좀… 난장판이로군."

본인이 이렇게 어질러 놓았다는 사실을 전혀 생각지 않고 있었다.

노인은 방바닥을 굴러다니는 책들을 헤치고 방의 왼쪽 구석에 있는 책장으로 다가갔다.

달칵!

책장에서 낡은 책 한 권을 빼 들자 드르륵 하는 소리와 함께 책장이 뒤로 돌아가며 지하실로 내려가는 통로가 드러났다. 약간 고전적인 방식의 비밀 문이었다.

인적이 드문 이곳에 사는 것에서부터 이런 숨겨진 지하실을 만든 것까지 수상하기 짝이 없었다.

"습기만 차지 않는다면 지하에 연구실을 만들 필요는 없었는데……."

안개로 인해 집 안에 습기가 많이 차 일부러 집 안을 훈훈하게 만들기 위해 지하실을 만든 것이었다.

화르륵!

지하실 내벽에 있는 횃불에 불이 붙었다. 그러자 어두컴컴하던 지하실의 내부가 환해졌다.

지하실의 내부에는 말 그대로 연구실이었다. 오두막 안과는 비교되지 않을 정도의 수많은 서적이 존재했고, 지하실의 중앙에는 커다란 탁자가 있었다. 그 위에는 수많은 시약, 약품 등이 정리되어 있었다.

탁!

노인은 들고 있던 회색 병을 탁자에 올려놓았다.

"지독한 화상에다가 뼈가 거의 다 으스러져 있는데도 살아 있는 게 신기하단 말이야."

탁자 뒤에는 목판으로 된 침상이 있었는데, 온몸을 붕대로 친친 감고 있는 사내가 누워 있었다. 화상을 심하게 입어 살과 근육이 타 들어간 데다가, 추락하면서 온몸의 뼈가 다 부서졌다. 말 그대로 폐인이나 다름이 없는 상태였다.

심한 부상으로 인해서 유빈은 아직까지 정신을 차리지 못하고 있었다.

찌이익!

"흐음… 상처 부위의 피는 응고가 되었는데도 따로 채취한 피는 전혀 응고가 되지 않을 정도로 활성화가 되었다라……. 거의 보혈이나 다름이 없군."

13갑자에 이르는 정순한 내력을 가지고 있는 유빈의 피는 보혈이나 다름이 없었다. 그것을 보통 사람이 마시게 되면 정력이나 건강에 좋을 것이고, 무릎을 닦는 이들에게는 내력을 키울 수 있었다.

"이 정도로 활성화된 피를 지니고 있는데도 화상을 입은 몸이 회복되지 않는다는 것은… 단순한 화상이 아니라는데 말인데. 흐음, 화상을 당한 부위가 전혀 낫지 않을 정도라면, 피닉스가 내뿜는 불꽃에라도 데여야 가능한 소린데… 에이, 설마."

설마 하면서 웃고넘기려 했지만 아무리 봐도 피닉스의 불꽃에 난 화상인 것 같았다. 그렇지 않고서야 어떻게 근육이 보이는 정도가 아니라, 그마저 타 들어가 뼈가 슬며시 보일 정도로 다칠 수가 있단 말인가!

"흐음… 쩝, 그런데 이 녀석 좀 불쌍하게 되었군."

노인의 시선은 유빈의 하체에서 머물렀다. 붕대로 온몸을 감싸고 있었는데, 정상적이라면 분명히 뭉툭하게 나와 있어야 할 부분이 깨끗하기만 했다.

"목젖이 있는 걸 보아하니 분명 남자인데… 고자도 아니고, 아예 생식기마저 타 녹아버렸으니. 쯧쯧, 살아남으면 뭐 하나……."

불쌍한 유빈은 화상을 입으면서 중요한 그것마저도 타 녹아버리고 만 것이었다. 선인의 육체가 뼈가 약간 보일 정도의 화상까지 입었으니, 그것이 견딜 수 있을 리가 만무했다. 정말 불쌍한 것은 유빈은 지금까지 동정이었다는 사실이다.

"뭐, 어차피 실험용으로 쓰일 건데, 불쌍이고 뭐고 할 것도 없겠지만."

*　　　*　　　*

"어째서 아직까지 발견하지 못했단 말인가?"

"죄, 죄송합니다, 공작 전하."

이곳은 성도에 있는 공작가의 저택이었다. 비공정에서 떨어질 때의 충격으로 인해 아직까지 얼굴이 부어 있는 공작은 집에서 요양을 하고 있었다.

그의 침실 앞에 서서 부복하고 있는 중년의 기사는 어쩔 줄 몰라 하며 쩔쩔매고 있었다.

"큰 은혜를 입었는데… 그 시신조차 찾을 수 없다니……."

기절한 채 저택으로 돌아온 공작은 전후 사정을 훼일리스로부터 들을 수 있었다. 비공정이 폭발한 후 유빈은 심한 화상을 입은 채 떨어졌고, 그들 네 사람만 간신히 마법으로 안전하게 착륙한 것을 말이다.

"비공정이 추락한 반경 몇 킬로미터 내로 수많은 시신을 찾았지만, 화상을 입은 시신은 한 구도 없었습니다. 아직까지 수색을 벌이고 있지만……."

"시신조차 발견되지 않다니, 그게 무… 아닐세. 계속 찾아보게나."

공작은 한 손으로 이마를 짚으며 괴로운 듯 머리를 흔들었다. 정신을 잃고 있는 동안에 너무 많은 일들이 일어났다.

황궁 제2기사단을 허무하게 잃었다. 물론 드래곤 나이트들 역시도 전부 죽었기 때문에 그 부분에서는 황제의 노여움을 거둘 수 있었다.

하지만 제국에서 보유하고 있던 두 대의 비공정 중 하나를 잃었다. 덕분에 공작은 10여 년간 제국에서 지급하는 녹봉을 받지 못하게 되었다.

워낙 몸이 약했던 네일은 장기 기관이 파열되어 아직까지 정신을 차리지 못하고 있었다.

가장 충격적인 것은 흑월과 피휘나드 린을 상대해 가며 자신을 구했다던─훼일리스의 말에 의하면─유빈이 심한 화상과 부상을 입은 채 떨어졌는데 아직까지 시신조차 찾지 못하고 있다는 점이었다.

"다른 건 다 그렇다 쳐도 은인의 시신조차 찾지 못한다면 딸내미를 볼 면목이 없는데……."

가족들이 아무리 만류하여도 네이린은 비공정이 떨어진 부근의 숲에서 유빈의 시신을 찾는 데 주력하고 있었다. 하지만 공작은 이 사실을 몰랐다, 훼일리스가 살아 있다는 것은 곧 유빈이 살아 있음을 뜻한다는 것을.

한편 비공정이 떨어진 인근 숲에선 수많은 병사들과 인부들이 단 하나의 시신을 찾기 위해 대대적인 수색 작업을 펼치고 있었다.

슈우욱! 탁!

그때 허공에서 농부처럼 순박한 얼굴을 한 노인이 내려왔다.

"훼일리스님."

회색 로브를 걸치고 있는 노인은 바로 8써클 유저 마도사 훼일리스였다. 그는 허공을 마법으로 날아다니며 유빈의 시신을 찾고 있었다. 하지만 숲이 우거져 있어 높은 곳에서 내려다본다고 해서 쉽게 찾을 수 있는 것이 아니었다.

"허공에서 내려다보긴 했으나 숲이 우거져서 잘 보이지가 않는군요. 클클."

특유의 웃음소리를 내며 웃어 보이는 그였으나 역시 삼 일이 지나도록 유빈의 행방조차 모르니 씁쓸하기만 했다.

"마법으로는 사람을 찾는 것이 불가능한가요?"

"저보다 약한 힘을 지닌 자가 아니라면 탐색 자체가 불가능합니다."

8써클 유저인 그는 탐색 마법을 통해 아무리 먼 곳에 떨어져 있는 자라도 찾아낼 수 있었다.

사람은 태어나면서 자신만의 독특한 마나 파장을 타고 태어난다. 그것은 절대로 일치할 수가 없는 것이기 때문에 뛰어난 마법사들이라면 파장을 구분해 낼 수 있다. 그것을 좀 더 효과적이고 광범위하게 찾아낼 수 있는 마법이 바로 탐색 마법이었다. 하지만 이 탐색 마법에도 치명적인 약점이 있었다.

항마력이 강한 상대나 마법의 시전자보다도 훨씬 강하면 탐색 자체가 불가능하다는 것이었다. 더군다나 상대가 유빈이라면 불가능 그 자체였다.

"유빈이가 정말 죽었다는 건가……."

"으음, 주인님은 살아 있습니다."

"하지만 그렇게 심한 화상을 입은 상태에 정신마저 잃었는데……."

"이 늙은이가 공녀님께 말씀드리지 못한 것이 하나 있습니다."

훼일리스가 진중한 얼굴로 말하자 세명은 귀를 기울였다.

"주인님이 죽으면 저 역시도 죽습니다."

"그게 무슨 말이지?"

"제 심장엔 주인님이 가한 금제가 있기 때문에 그분이 죽는다면 저도 죽지요."

"그, 그게 정말인가요?"

세명의 얼굴에선 한순간 희비가 교차했다.

훼일리스의 말이 사실이라면 유빈이 살아 있다는 얘기가 되지만, 심장에 금제를 가한 행동에 대해선 씁쓸해질 수밖에 없었다.

'예전에 내가 알고 있던 유빈은 심성이 굉장히 여리고 고왔는데……'

금제를 걸어놓은 것만 해도 세명이 보기에는 잔인하기 짝이 없는 행동이었다. 훼일리스를 믿지 않았기에 했다는 것밖에는 되지 않기 때문이다.

"잠시 제가 금제를 봐도 될까요?"

세명의 힘이 유빈에 버금간다는 사실을 알고 있는 훼일리스로서는 거절할 이유가 없었다.

"보시지요."

심장에 박혀 있는 검기를 찾아내기 위해선 검심(劍心)으로 그것을 느끼는 수밖에 없었다.

탁!

세명이 훼일리스의 왼쪽 가슴에 손을 얹었다.

두근두근!

노년기에 접어든 나이였지만 훼일리스의 심장 뛰는 소리는 매우 활기찼다. 마법에만 빠져 몸을 소홀히 하진 않았다는 증거였다.

대개 마법사들은 자신의 건강에 신경을 쓰지 않는다. 좀 더 높은 학문과 연구, 마법을 위해 정진하는 그들은 모든 생을 책에 파묻혀 보내기 때문에 높은 수양의 경지에 오른 자가 아니고는 오십의 생을 넘기기가 힘들었다.

"몸 관리에 소홀히 하진 않았군요."

"허허허, 늙은이가 생에 집착이 많아서 그렇습니다."

"근데 몸은 부실하네요."

"쿨럭!"

'이 나이에 튼튼해서 뭘 하라는 건지······.'

검기를 찾기 위해서는 검심에 앞서 체내로 기를 집어넣어야 한다. 단순히 손만 잡는다고 해서 깊숙이 감춰진 검기를 찾아낼 수 있는 것이 아니었다.

"마나를 집어넣을 테니 대항하지 마세요."

"그럽지요."

훼일리스는 높은 경지의 마법사이기에 체내에 기를 넣으면 그것이 들어오지 못하도록 본능적으로 대항할 수 있었다. 그렇기에 미리 경고를 해놓는 것이었다.

슉!

한순간 훼일리스는 자신의 몸으로 뭔가 이질적인 기운이 들어오는 것을 느꼈다. 하지만 세명이 당부한 것이 있었기에 가만히 그것을 받아들였다.

'독특하네. 심장에 내력을 쌓다니······.'

단전에 마나—내공—를 쌓는 무인들과 달리 마법사들은 심장에 마나를 모은다. 심장에 쌓인 마나는 원을 그리면서 존재하게 된다.

그것이 늘어갈수록 마법의 경지가 높아짐을 뜻했다. 써클의 의미는 바로 그것에서 파생된 것이었다.

'이곳에서는 기(氣)를 마나라고 한다. 하지만 내가 보기에는 그 두 힘의 원리 자체가 다르다.'

검기를 찾는 도중에 본의 아니게 훼일리스가 지니고 있는 마나의 본질을 파악하게 된 세명은 그것이 내력, 혹은 기와는 전혀 다른 힘이라는 것을 알게 되었다.

'본질 자체는 다르지만 가장 기와 유사한 것이 마법사들의 마나일지도 모른다.'

한때 이곳의 무인들에게 호기심을 가진 세명은 직접 조사를 한 적이 있었다. 그래서 몰래 공작가의 기사들 중 소드 그레이튜드 중급에 이른 기사가 자고 있을 때 그의 몸(?)을 조사한 적이 있었다.

결과는 전혀 예상 밖이었다.

이곳은 대자연의 기가 많은 탓에 기사들이 딱히 심법이 없이도 기를 다룰 수 있는 이유는 매우 간단했다.

바로 선천진기가 단련되어 있는 것이었다.

심법을 통해 내력을 모으는 것을 후천진기라 한다. 하지만 이곳의 기사들은 워낙 풍부한 대자연의 기운을 받아들이며 심신을 단련하기 때문에 저도 모르게 선천진기가 쌓여가고 있었던 것이다.

반면 마법사들은 본질은 달랐지만, 아무래도 선천진기라기보다는 후천진기 쪽에 가까웠다. 마법사들은 인위적으로 마나의 써클을 회전시켜 마력을 늘린다고 한다. 그렇기 때문에 같은 써클의 마법사라고 해도 마나의 양이나 위력에서 차이가 난다는 것이다.

'심장으로 모인 마나가 일곱 개의 원을… 아, 약간 작지만 하나의 원을 더 그리고 있구나.'

그것은 훼일리스가 8써클에 입문했기 때문이다. 대륙 열 손가락 안에 꼽히는 마법사인만큼 훼일리스의 깨달음은 매우 높았다.

'이상해. 검기의 흔적이라고는 아무리 찾아봐도 느껴지지가 않아.'

조금이라도 날카로운 기운을 느끼기 위해 샅샅이 뒤져 보았지만 유빈이 심은 검기를 발견하기란 쉽지 않았다.

심검의 경지에 오른 세명이라 할지라도 검으로 오를 수 있는 최고의 경지인 천검에 이른 유빈의 검기를 찾는 것은 거의 불가능에 가까운 일이었다. 하지만 세명 역시도 한 시대가 배출한 최고의 천재였다.

'보통의 기만으로 찾을 수 없다면 나 역시도 검기를 흘려 보낼 수밖에 없겠어.'

태극혜검의 검기를 흘린다면, 아무리 천검의 검기라고 할지라도 상성 반응을 보일 수밖에 없을 것이다. 세명은 바로 그것을 노리고 있었다.

'후으읍! 태극혜검!'

단숨에 마음속으로 구결을 읊어가며 검심을 일으키자 세명의 오른손에서 눈부신 빛이 일어나며 훼일리스의 왼쪽 가슴으로 스며들었다.

그 순간 전혀 예상 밖의 일이 일어나고 말았다.

쾅!

"아악!"

순식간에 세명의 몸이 훼일리스로부터 튕겨져 나가고 만 것이었다.

놀란 훼일리스는 그녀에게로 달려가려 했다. 하지만 극심한 심장의 통증으로 인해 고통의 신음을 흘리다 그 자리에서 그대로 실신해 버리고 말았다.

주르륵!

세명의 입가로 붉은 선혈이 흘러내리고 있었다.

그의 이마는 땀에 젖어 있었고, 가파르게 숨을 내쉬고 있었다.

"하아, 하아. 이건 도대체……."

'무슨 짓을 한 거야! 태극혜검의 검기를… 어떻게…….'

태극혜검의 검기를 훼일리스의 심장에 주입하는 순간, 그것이 소멸하며 강한 반발력에 의해 세명은 튕겨 나감과 동시에 내상을 입게 된 것이었다.

'금제로 심어놓은 검기만으로 내게 부상을 입힐 정도라면…….'

                    *   *   *

쾅!

검은 머리카락이 길게 내려오는 사내의 주먹에 회색의 석벽이 으스러졌다.

무심한 얼굴을 하고 있었지만 그 눈빛은 분노에 젖어 있었다. 인간인 이상 내색을 하지 않으려고 해도 감정이 드러날 수밖에 없었다.

"흑월……."

"네, 주군."

흰색 가면 속에 가려져 그가 무슨 생각을 하고 있는지는 알 수 없었다.

퍽!

"크윽!"

사내는 인정사정 볼 것 없이 흑월을 발로 차버렸다. 내력을 실어 찼는지 그의 입에서는 신음 소리가 흘러나왔다.

"피휘나드 린을 병신으로 만들어서 데려왔더구나."

퍽!

"큭!"

신음 소리를 내지 않으려 해도 사내의 발길질은 너무나도 매서웠다.

"내 기대를 두 번이나 저버리다니."

흑월의 실수로 인해 중요한 전력들이 죽어나갔다. 마법사와 드래곤나이트들, 죽은 이들만 하더라도 어지간한 영지는 쉽게 무너뜨릴 수 있을 정도였다. 그런 그들을 허무하게 잃었으니 화가 날 만도 했다. 더군다나 가장 중요한 전력이라 할 수 있는 서열 2위인 피휘나드 린이 양팔을 잃었다. 양팔을 회복한다고 하더라도 당분간 요양을 해야 할 판국이었다.

"면목이… 없습니다."

퍽!

"변명을 하는 것만큼 실패하는 것도 싫어한단 사실을 그새 잊었나?"

차라리 화난 얼굴을 한 채 소리라도 질렀다면 나았을까. 무표정한 것도 모자라, 목소리마저도 굉장히 침착하면서도 차가웠다. 흑월이 아니라면 그 누구라도 섬뜩해할 것이었다.

"분명히… 그를 죽였습니다."

과정에 문제가 있긴 했지만, 분명 자신의 눈으로 유빈이 심한 화상을 입은 채 떨어지는 모습을 보았기 때문에 흑월로서는 반박할 수밖에 없었다.

"죽인 게 아니라 떨어지는 모습만을 봤을 뿐이잖아."

"피닉스의 불꽃에 화상을 입고 떨어졌다면 분명히……."

"피닉스의 불꽃에 단순히 화상만 입었을 정도의 육체를 지녔다면, 살아남을 수도 있다는 생각은 안 해봤나?"

순간 흑월은 할 말을 잃고 말았다. 그 당시에는 미처 생각하지 못했던 점이다. 지옥의 겁화, 혹은 그 이상의 위력을 지닌 피닉스의 불꽃이 태우지 못하는 것은 존재하지 않는다. 그걸 정면으로 맞았는데 화상만으로 그쳤을 정도라면, 절대 죽음을 장담할 수 없었다.

"놈의 수급을 들고 왔어야 했어, 흑월."

"…죄송합니다."

흑월은 부복한 상태에서 고개를 푹 숙였다.

도저히 주군의 얼굴을 볼 엄두가 나질 않았다.

"말로만 지껄이지 말고 놈의 수급을 가져와라."

스스로가 초래한 일이었기에 흑월은 뭐라 불평을 할 수조차 없었다. 사실 원래부터 말이 없는 그였기에 불평이고 뭐고 할 게 없었다. 단지 문제가 있다면, 그 광활한 숲에서 어떻게 유빈의 시신(?)을 찾아 수급을 가져올 수 있느냐였다.

"계획에 차질이 생겼군."

"죽을 죄를 지었습니다."

"놈의 수급을 가져온다면 앞의 일은 없었던 걸로 해주지."

"…감사합니다."

음산하기 짝이 없는 흑월의 음색에 약간 활기찬 듯한 느낌이 들었다. 하지만 뒤에 이어지는 사내의 말에 잠시 할 말을 잃고 말았다.

"생각해 보니 그 근처에 안개의 숲이 있군."

안개의 숲이라 하면 뱀파이어의 본고장 중 하나인 곳이며, 흑월이 태어난 곳이기도 했다. 데이워커인 그는 순수한 뱀파이어들에게 있어 이단아였다.

순수 혈통의 그들은 인간의 피가 섞인 흑월과 같은 존재들을 벌레보다도 하찮게 여겼다.

버림받은 이단아.

"으드득!"

흑월의 흰색 가면 속에서 이를 가는 소리가 들려왔다.

"훗."

그런 흑월의 모습에 사내는 코웃음을 쳤다.

"정보원의 말로는 공작가의 병사들과 인부들이 대대적인 수색을 벌이고 있다더군."

"그게 무슨……?"

"놈의 시체를 찾기 위해서 말이다."

아직까지 유빈의 시신이 발견되지 않았다는 것은 생존해 있을 수도 있다는 의미이기도 했다.

"분명 살아 있다. 하지만… 네 말대로 그렇게 심한 부상을 입었다면, 정신을 차리거나 회복하는 데 상당한 시일이 걸리겠지. 그런 상태에서 사라졌다면 누군가가 데려갔다는 말이겠지."

정말 무섭고도 대단한 사내였다. 가만히 앉아서 정황만으로 모든 상황을 파악할 정도의 역량이라면, 과연 이들의 수장으로서 부족함이 없었다.

"만약의 상황에 대비하는 것도 좋겠지."

사내는 품속을 뒤지며 흑색 환단을 꺼내 흑월에게 던졌다.

휙!

탁!

"이건……?"

"네 마기를 더욱 증진시켜 줄 것이다. 그 힘을 취한 후 놈의 수급을 가져와라."

"알겠습니다."

자신의 마기를 증진시켜 줄 환단임을 알고 있었기에 감사하는 마음이 들었지만, 지나친 것을 싫어하는 주군의 앞이었기에 별다른 내색은 하지 않았다.

"그럼."

흑월은 평소와 마찬가지로 벽으로 스며들어 사라지려 했다.

그 순간,

부웅!

벽으로 하반신 가까이 스며들고 있던 흑월의 몸이 강제로 끌려 나왔다.

"깜빡 잊고 있었던 말이 있어서 말이지."

벽 안으로 스며들었던 흑월을 강제로 빼낸 것은 바로 사내였다.

쇄아악!

짙은 살기가 사내에게서 피어올랐다. 그것은 마치 모종의 경고라도 하듯 흑월을 압박해 왔다.

"미리 말하지. 퀸을 건드리지 마라."

"그… 건……."

어떠한 명령이라도 절대 엄수하는 흑월이었지만, 이번만큼은 쉽게 답할 수 없었다.

순수 혈통이 아니라는 것 때문에 그가 당한 고통은 평생 가슴속 한 으로 남아 있었기 때문이다.

"섣부른 복수심에 목숨을 잃고 싶은 게냐?"

"전 약하지 않습니다."

"복수심이 눈을 멀게 하고 있군."

흑월의 단호한 말에 사내는 혀를 찼다. 한 번도 자신의 명에 거역한 적이 없고 토를 단 적이 없는 그였건만, 안개의 숲이나 퀸의 얘기만 나왔다 하면 분노를 이기지 못했다.

"나가 봐라."

스멀스멀.

흑월의 몸이 검은 그림자처럼 변하며 벽 안으로 스며들어 갔다. 무슨 말을 한다고 해도 들을 것 같지 않았기에 차라리 내버려 두는 편이 낫다고 여긴 탓이었다.

"뱀파이어 퀸은 나도 버거운 상대야."

흑월이 완전히 사라지자 사내는 작은 목소리로 중얼거렸다.

*　　　*　　　*

치이익!

"호오, 정말 피닉스의 불꽃에 데인 거로구만."

노인은 흥미롭다는 듯한 표정을 짓고 있었다. 하지만 그의 앞에는 붕대로 온몸을 감은 채 누워 있는 유빈은 전혀 아닐 것이다. 아직까지.

정신을 차리지 못하였지만, 상당 시간을 거의 고문에 가까운 실험을 당하고 있었다. 방금 전만 하더라도 노인이 불로 유빈의 살이 타나 지져 봤던 것이었다.

"일반 불로는 전혀 화상을 입지 않는 육체라… 이게 정말 인간의 육신일까?"

치이익!

한 번으로는 성이 안 찼던 걸까. 다시 한 번 불을 유빈의 살점에 갖다 대는 잔인한 노인이었다.

"흠……."

노인은 자리에서 일어나 백색의 대리석처럼 생긴 돌 상자 쪽으로 다가갔다.

달칵!

돌 상자를 열자 차가운 김이 새어 나왔다. 이것은 단순한 돌 상자가 아니라 냉기를 봉해 놓은 것이었다. 냉기가 새어나가는 것을 막기 위해 대리석으로 만든 듯했다.

노인이 돌 상자에서 꺼낸 것은 다름 아닌 혈액 샘플이었다. 혈액을 보존하기 위해 냉기가 가득한 상자 안에 보관해 둔 것이었다.

"에잉! 역시 뱀파이어의 피는 차가운 데만 보관한다고 해서 유지되는 게 아닌가? 퀸의 피와 달리 그냥 피는 차가운 곳에 보관해도 응고되어 버리잖아."

뱀파이어의 피는 죽은 사람의 피 상태와 가장 유사하다.

응고되기 직전의 피 상태를 지니고 있는 것이 바로 일반적인 뱀파이어들이었다. 노인이 가지고 있는 샘플 역시도 보통 뱀파이어의 혈액이었는데, 차가운 곳에 보관했는 데도 불구하고 혈액이 응고되어 있었다.

달칵!

"제길, 가장 최근의 것이 어디 있더라? 아아, 이거로군!"

한참을 뒤적거리던 노인은 다른 혈액 샘플을 꺼냈다. 앞의 것과 달리 이 샘플은 피가 응고되어 있지 않았다. 가장 최근의 것이었기 때문이다.

뱀파이어의 피는 굉장히 활발해 세포의 분열이 빠르기 때문에 늙지 않고, 치명적인 상처가 아니라면 영생불멸이 가능하다. 하지만 워낙 음기가 강한 피이다 보니 태양과 같은 극상의 양기, 즉 자외선 광선을 비추게 되면 피가 순식간에 타 버려서 몸이 재가 되어버린다.

"이 양기가 강한 보혈과 음기가 강한 뱀파이어의 피를 합하면 어떻게 될까?"

노인의 목적은 바로 이것이었다. 음기에 약한 뱀파이어의 피를 보완하는 방도, 그것을 찾고 있었다. 그 점에서 유빈의 피는 그것을 극복할 수 있게 만들지도 모른다.

태양빛을 극복할 수 있다면 뱀파이어는 진정으로 영생불멸의 존재가 되는 것이었다.

"크큭, 가장 좋은 방법은 두 피를 직접 섞어보는 것이겠지."

주르륵!

미리 유빈의 피를 채취해 두었던 노인은 망설임없이 그것에 뱀파이어의 피를 부었다.

부글부글!

피는 서로 닿자마자 강렬한 반응을 일으켰다.

섞인 피는 마치 가열이라도 한 듯이 끓어오르기 시작했다.

'보통의 피라면 뱀파이어의 피에 동화될 텐데, 이런 반응을 일으킬 줄이야.'

뱀파이어 피는 마치 바이러스와 같이 상대방의 피를 감염시켜 동화하게 만든다. 그런 방법으로 탄생한 뱀파이어들은 순혈이 아닌 하프 뱀파이어라고 한다.

뱀파이어들에게도 계급 사회가 존재한다. 그것은 대륙에서 극소수의 존재들만이 아는 사실이었다. 대부분의 사람들은 뱀파이어를 단순히 피를 마시고 살아가는 인간형 마물로만 알고 있겠지만, 그들 역시도 하나의 종족이다.

순수한 혈통의 뱀파이어는 흡혈에 대한 욕망이나 광기가 존재하지 않는다. 그런 만큼 그들은 프라이드가 매우 높다. 어지간한 경우가 아니면 동족을 만들지 않을 만큼 말이다.

순수 혈통의 뱀파이어들은 일반 하프 뱀파이어들을 동족으로 여기고 있긴 하나 대부분은 하층의 주민들로 여기고 있다. 언제든지 생길 수 있는 그런 존재들이었기에 우습게 여긴다는 의미이기도 하다.

서로 섞여 버리자 끓어오를 만큼 격한 반응을 보였던 피는 완전히 섞였는지 잠잠해졌다.

"오오! 극양에 가까운 피라 내심 걱정했는데 그래도 제대로 섞였군."

모든 실험에는 어떤 변수가 작용할지 모르기 때문에 노인으로서는 겉만 보고 판단할 수 없었다.

"어떤 피가 되었는지 한번 알아볼까."

가장 좋은 방법은 실험용 쥐에다가 피를 주입해 보는 것이다.

실험실의 한쪽 구석에 있던 작은 철창집 안에서 흰색 모르모트(실험용 쥐)를 꺼내온 노인은 그것에다 섞인 피를 주입했다.

찌익!

모르모트의 반응이 이상했다.

주사기의 바늘을 꽂아 피를 주입하는 순간, 모르모트는 마치 비명이라도 지르듯 울어댔다. 단순히 생존 본능만이 있는 존재가 뱀파이어의 피에 감염되는 것을 저그라고 한다. 아무런 자아 의식이 없고, 오직 피를 마시고자 하는 광기만이 남아 있는 존재이다.

"아아……."

노인은 모르모트의 반응에 신음을 흘렸다.

송곳니와 손톱이 길어진 걸로 보아선 분명 저그가 되긴 했으나, 모르모트는 전혀 광포해지지 않았다. 보통의 저그라면 광포해지고 난동을 부려야 정상이었건만, 이놈은 얌전하기만 했다.

"정말 성공했다면 마늘 같은 것을 겁내진 않겠지?"

마늘에는 항마성이 있기 때문에 뱀파이어들은 그것을 매우 싫어한다. 물론 그것은 같은 저그에게도 속하는 말이었다. 그렇다고 이들의 약점이 될 수는 없다. 단순히 싫어한다는 것에서 그칠 뿐이었다.

탁!

"흐흐흐, 마늘보다 가장 좋은 방법이 있지."

노인은 모르모트를 들고 지하 실험실의 한쪽 구석에 있는 텔레포트진으로 걸어갔다.

찌찍!

"오오, 이럴 수가! 분명히 저그가 되었는데도 햇빛에 재로 변하지 않다니!"

노인은 감탄을 금치 못했다. 성공하기를 바라고 있었긴 하지만, 단순히 피를 섞은 것만으로 이 정도의 효과를 낼 것이라고는 상상도 하지 못했다. 뱀파이어의 피가 꽤 희석되긴 했지만 햇빛을 쬐여도 아무런 문제가 없다는 것만으로도 큰 성과였다.

"정말 신기해. 정말 천운이라고 할 수밖에 없겠어. 크크큭, 그 몸을 좀 더 연구하면 더욱 많은 것을 얻을 수 있을……."

치이이익! 솩!

그의 말이 끝나기도 전에 일어난 일이었다.

멀쩡하게 햇빛에 잘 버티고 있던 모르모트가 타는 소리와 함께 재로 변해 버렸다.

뭐든지 쉽게 얻을 수 있는 세상이 아니라고 하던가.

노인의 미간이 무섭게 구겨졌다. 이마에 핏줄마저 보이는 것을 보니 약간 신경질이 난 것 같았다.

"제길, 어쩐지 너무 쉽다고 했지."

정순하면서도 심후한 내력이 담긴 것이라곤 하나 극소량의 피만으로 뱀파이어의 근본적인 약점을 없애주기에는 무리가 있었다.

"모르모트만으로는 역시 힘들겠어. 흐음, 그 귀한 퀸의 피까지 줬는데… 뱀파이어를 실험용으로 달라고 하면 주려나?"

천 년에 한 번 나올까 말까 한 뱀파이어 퀸의 피를 얻은 것도 모자라 실험용으로 사용할 뱀파이어를 내달라고 말한다니, 지나치게 겁이 없는 노인이었다.

"욕심이 한도 끝도 없구려."

"에에? 언제부터 나를 감시하고 있었소?"

그에게 퀸의 피를 가지고 왔던 그 검은색 복장의 사내였다. 아까 전과 달리 검은색 가면과 후드를 쓰고 있었는데, 햇빛에 몸을 노출시키지 않기 위해서인 듯했다.

"말을 하진 않았지만, 퀸의 피를 요구했을 때 원로들의 대부분이 그대를 죽이는 데 찬성했었소."

꿀꺽!

노인이 퀸의 피를 요구했을 때 살심이 치밀었던 것은 뱀파이어의 원로들뿐만이 아니라 대부분의 뱀파이어들 역시도 마찬가지였다.

"그, 그렇다고 감시까지야……."

"물론 당신을 믿지만, 만약에 대비하는 것뿐이오."

뱀파이어 퀸의 피는 무궁무진할 만큼 그 효용 가치가 높다. 최초라고 해도 과언이 아닌 뱀파이어 퀸의 피를 노리는 자들은 매우 많기 때문에 노인은 감시를 당할 수밖에 없던 것이었다.

"아, 그, 그랬구려."

"그런데 이젠 실험을 위해 종족의 몸을 달라?"

"아니, 그, 그것은……."

한순간 날카로운 살기가 폭사되어 나와 노인의 뒷말을 끊어버렸다. 아무리 겁이 없는 그라 할지라도 코앞에서 뿜어져 나오는 살기를 견디는 것은 무척이나 힘들었다.

"으음……."

노인이 저도 모르게 신음을 흘리자 사내는 그제야 살기를 거뒀다.

'휴, 이런 놈이 내 감시를 맡다니, 재수가 오지게 없군.'

만약 사내가 이런 노인의 생각을 읽었다면 예전에 그의 목숨은 거둬졌을 것이다.

"일단 말씀은 드려보겠소만, 매번 당신의 부탁은 목숨이 왔다 갔다 거릴 만큼 위험하다는 것만큼은 기억하시오."

스슥!

말을 마치는 순간 사내의 신형은 안개처럼 퍼져 나가며 사라졌다. 급히 사라지는 것을 보아선 후드로 가리고 있다곤 하나 계속해서 햇빛에 자신을 드러내길 꺼려서일 것이다.

"쳇! 다 지놈들 좋으라고 하는 짓인데, 이딴 협박이나 하고……."

그 사실을 알기 때문에 뱀파이어들이 노인의 목숨을 살려두고 있는 것이었다.

"일단은 돌아가야겠군. 에이, 제기랄. 이왕 텔레포트 진을 설치해 주는 거라면 귀환용도 만들어줘야 할 것 아냐!!"

나올 때는 편하게 텔레포트 진으로 오기는 했으나 돌아갈 때는 안개의 숲까지 걸어서 가야만 했다. 노인은 안개의 숲에 있는 오두막으로 돌아올 때까지 한시도 쉬지 않고 구시렁대었다.

노인이 연구를 시작한 지 열흘이라는 시간이 흘렀다.

그동안 노인의 연구 성과는 상당하다고 할 수 있었다. 원로들의 허락 하에 실험을 위한 하프 뱀파이어 한 명을 얻어낸 후로 노인의 연구는 매우 빠르게 진척되어 갔다.

하프 뱀파이어들은 피의 광기를 이기지 못해 하루에 한 번은 꼭 흡혈을 하게 된다. 그것을 극복할 수 있게 만든 것이었다. 사실 연구로 인한 성과라기보다는 유빈의 피가 그렇게 만든 것이었다.

그 외에도 노인만의 독자적인 성과가 있었다. 피의 성분을 이용해 특수한 혈청을 만들어냈는데, 그것을 복용하면 삼 일 정도는 햇볕을 쬐어도 재로 변하지 않게 된다.

이곳은 지하 연구실이 아닌 오두막 집이었다.

"굉장하오! 이 정도라면 로드께서 매우 흡족해하실 거요."

그리고 노고의 대가라고 해야 할까.

"그리고 이건 약소한 대가지만 로드께서 주신 것이오."

"아, 그건······."

사내가 들고 있는 것은 노란 빛깔이 나는 평범한 돌멩이였다. 과연 이것이 무엇이길래 노인이 보는 즉시 놀라움에 가득 찬 표정을 짓는 것일까?

"연금술사의 돌!!"

연금술사의 돌, 혹은 현자의 돌이라 불리며 만물의 언어와 세상의 진리로 탄생한 것으로, 대륙의 모든 연금술사들이 가지길 원하는 것이었다. 인간의 힘으로 만들 수 없고, 세상에 몇 없다고 알려진 진귀한 물건이었다.

"우리는 모르겠지만 연금술사인 당신에게는 굉장히 효용성이 높다고 들었소."

노인의 정체는 바로 연금술사였다.

철이나 구리 같은 것을 황금으로 만드는 자들.

그것이 얼마나 허무하다는 것인지 알려진 지금에 와서는 진리를 탐구하고 과학을 연구하는 자로 더욱 알려져 있다.

덥석!

"저, 정말 고맙소!"

이런 건 튕겨봐야 손해라는 것을 잘 아는 노인이기에 사양하지 않고 받아들였다.

"아아……"

연금술사의 돌을 직접 손에 쥐게 되었다는 데서 감동이라도 한 듯이 노인의 얼굴은 상기되어 있었다.

"흠흠, 완성품은 언제쯤이면 만들어질 수 있소?"

"아아, 미안하오. 아마도 한 달 정도의 시간이 더 필요할 것 같소."

"이번에는 꽤 시간이 걸리는구려."

예상 외로 열흘이라는 시간 만에 이 정도 성과를 거두었기에 비슷한 시일이나 며칠 내로 충분히 완성품—햇빛과 피의 광기를 극복할 수 있는 혈청—을 만들 수 있을 거라 여겼는데 노인이 말한 시간은 그것보다 훨씬 더 길었다.

"뱀파이어의 체질을 혈청 하나만으로 극복시킨다는 것이 짧은 시간 안에 성공할 수 있는 그런 것이 아니오."

선인의 몸을 지닌 유빈의 피의 효능으로 인해 많은 성과를 얻었지만, 그 이상의 것은 많은 실험과 연구가 필요했다.

한편 지하 연구실에서는,

"제기랄, 온갖 실험을 당하는 난 왜 아무런 대가가 없는 거지?"

연구실의 한쪽 구석에서 죽치고 앉아 있는 녹색 머리카락의 청년은 바로 실험용(?) 하프 뱀파이어 레진이었다.

가뜩이나 실험용으로 강제로 끌려온 것도 짜증나는데, 자신의 노고에 대해서는 아무도 알아주는 이가 없으니 화가 날 만도 했다. 실험을 한다고 매일같이 귀한 피를 뽑아대고, 미완성된 혈청을 먹이고, 재생력 실험이라느니 하며 멀쩡한 팔을 베어대고 온갖 궂은일을 당한 게 한두 번이 아니었다.

"쳇!"

그의 불만은 갈수록 쌓여가고 있었다. 하프 뱀파이어는 영혼이 없기 때문에 사악하고 성격이 매우 급하다. 그런 것에 비하면 레진은 상당한 인내심을 가지고 있다고 할 수 있었다.

"아아, 피를 마셔보지 못한 지도 벌써 열흘째구나."

혈청을 복용한 덕에 피를 마시지 않아도 견딜 수 있었지만, 피를 갈구하는 것은 뱀파이어의 원초적인 본능이었다.

"피… 피… 피……."

한 번 피를 떠올리자 그의 머리 속은 온통 그 생각으로만 가득찼다.

레진의 시선이 냉기를 담은 돌 상자에 고정되어 있었다. 상자 안에는 피 샘플만이 아니라 인간의 피를 담은 병도 있었기 때문이다. 단순히 뱀파이어의 피 샘플만 가지고 연구가 진척되는 것이 아니었기 때문에 노인은 여러 종족의 피를 다 보관하고 있었다.

"감시하는 이도 없는데… 조금만 마셔도 되지 않을까?"

평소 때야 노인의 눈이 있어 불가능했다고는 하나 지금은 감시의 눈길이 없으니 피를 조금 마신다고 해서 들킬 염려가 없다고 판단한 어리숙한 하프 뱀파이어 레진. 꼼꼼하기로 유명한 연금술사 노인이 피의 양을 체크해 놓지 않을 리가 없다는 사실을 몰랐던 것이다.

달칵!

돌 상자의 뚜껑을 열자 차가운 냉기가 올라왔다.

"흐흐흐, 피다."

돌 상자 안에는 수많은 피가 있었다.

작은 샘플용 유리병에는 수많은 종족의 피가 있고 큰 유리병이 세 개 있었는데, 각각 1.5리터나 되는 피를 담고 있었다. 이 정도 양이면 수혈을 해도 상관이 없을 정도였다.

"이게 인간의 피구나."

유리병의 뚜껑에는 번호와 종족 명이 적혀 있었다.

02. 종족:인간

그 외의 두 병에 담긴 것은 드워프와 엘프의 피였다. 보통 상식이 있는 뱀파이어들이라면 엘프의 피를 더욱 선호할 터인데, 역시 하프이다 보니 인간의 피를 집어 들었다.

"뭐, 조금 마신다고 해서 알아차리진 못하겠지?"

달칵!

꿀꺽꿀꺽!

이게 조금 마시는 것이었던가.

병을 거꾸로 세우다시피 해서 마시고 있는 하프 뱀파이어 레진. 이런 속도로 마신다면 1, 2분 내로 다 해치울 듯싶었다.

"후아, 정말 맛있다! 역시 남자라면 원샷이지이이… 제기랄!!"

너무도 깨끗하게 빈 병.

결국 피 한 방울 남김없이 다 마셔 버리고만 뱀파이어 레진이었다.

간만에 마시는 피였던지라 본인도 모르게 전부 마셔 버린 걸 어쩐한단 말인가. 그런 이유가 있다고 한들 변명거리에 불과할 것임을 잘 아는 레진이기에 당황한 나머지 안절부절 야단이 났다.

"제길, 이 일을 어쩌지!"

뱀파이어인 그가 아무런 힘도 없는 연금술사 노인에게 질 리야 없겠지만, 그동안 얼마나 극악한 실험을 당했든지 저도 모르게 겁을 내고 있었다.

"그, 그 노친네 성격에 절대로 가만히 있을 리가 없을 텐데……."

그의 떨리는 목소리만 들어도 그가 얼마나 겁에 질려 있는지 충분히 공감할 수 있었다.

레진은 한동안 고민에 빠졌다. 솔직하게 말한 후 뒷감당을 지든지 아니면 이 사실에 대해서 은폐를 하든지.

그때 문득 레진의 머리 속에 이 상황을 타개할 방도가 떠올랐다.

"아! 그래, 그런 방법이 있었지!"

마침내 해답을 얻은 레진은 몸을 일으켜 두리번거리며 뭔가를 찾으려는 듯 실험실을 돌아다녔다.

하지만 아무리 돌아다녀도 그가 원하는 물건은 눈에 띄지 않았다.

"분명 그 노친네가 피가 담긴 병을 어딘가에 두는 걸 보았는데… 회색 병이었던가?"

회색 병은 흑의의 뱀파이어 사내가 준 그것이었다.

뱀파이어 퀸의 피를 담고 있는 병.

뱀파이어 일족의 극소수 수뇌부들만이 연금술사 노인에게 퀸의 피를 준 사실을 알고 있었기 때문에 레진은 전혀 모르는 사실이었다.

순혈의 뱀파이어였다면 퀸의 피라는 것쯤은 충분히 알 수 있었겠지만, 그는 하프 뱀파이어였다.

알려진 바로는 하프 뱀파이어에겐 별다른 능력이 없다. 단순히 성인 장정 열 명에 버금가는 힘과 흡혈을 해야 살아갈 수 있다는 점뿐이었다. 자아가 있다곤 하나 적의 능력을 가늠할 정도의 실력조차 되지 않는 것이 하프 뱀파이어다. 그러니 퀸의 혈향을 맡지 못하는 것은 당연했다.

"흐음… 도대체 어디다 꼭꼭 숨겨뒀기에 보이지 않는 거야!"

보물처럼 여기는 그 귀한 것을 어찌 눈에 잘 띄는 곳에다 두었겠는가. 물론 그렇다고 실험실에 비밀 금고라도 만들어놓은 것은 아닐 테니 못 찾을 것도 아니었다.

10분 후.

"젠장, 구석에 있는 항아리 안에다 병을 넣을 줄이야 상상이나 했겠어!"

레진의 손에는 회색 병이 들려 있었다. 그는 느끼지 못하고 있었지만 차가우면서도 강렬한 음기가 회색 병에서 풍겨져 나오고 있었다.

"킁킁, 피 향이 독특한 게 좋은데."

병 뚜껑을 열고 혈향을 맡은 레진의 얼굴이 붉게 상기되었다. 스스로는 느끼지 못하고 있었으나 퀸의 혈향에 몸이 절로 반응한 것이었다.

오싹!

왠지 계속 피를 바라보자니 이상하게 오싹한 기분이 느껴졌다.

"그런데 이상하게 이 피는 그다지 마시고 싶지 않아."

당연한 반응이었다.

뱀파이어 퀸의 피는 일개 하프 뱀파이어 따위가 마실 수 있는 그런 것이 아니었다. 흡혈의 본능이 내재되어 있다면, 그와 반대로 동족의 피 역시도 거부하게 되는 것 역시도 뱀파이어로서의 본능이었다. 단지 이 피가 퀸의 것이었기 때문에 몸이 스스로 반응할 정도로 강하게 나타난 것뿐이다.

"바빠 죽겠는데 이것저것 생각할 틈이 어디 있겠어."

레진은 회색 병을 들고 냉기를 담은 돌 상자로 걸어갔다.

"이걸로 채워 넣는다면 괜찮겠지 뭐."

이놈은 정말 단순하기 짝이 없었다. 이건 마치 아랫돌을 빼가며 탑을 쌓으려는 꼴이었다. 물론 그것이 순수한 의도에서 비롯된 것이긴 했지만 말이다.

혼이 나기 싫다는 작은 의도로 인해 앞으로 일어날 일의 파장을 그때까지 아무도 모르고 있었다.

레진은 시치미를 뚝 떼고 아무 일도 없었다는 듯이 목판 침상에 누워 있었다.

"크흠!"

흑의의 뱀파이어 사내와 대화를 끝낸 후 곧장 지하 실험실로 내려온 노인은 왠지 모를 조용함에 뭔가 이상하다는 것을 느꼈는지 헛기침을 하며 자신이 왔다는 것을 알렸다.

"흐아아암, 무슨 일입니까?"

깜빡 잠들었다는 듯이 침상에 누워 있었다.

"아니. 별일 아니네."

'하긴, 그 짧은 시간 안에 뭘 했겠냐마는…….'

워낙 그 태도가 자연스럽다 보니 노인은 한 치의 의심도 할 수가 없었다.

"자네도 그동안 수고해 줬는데 아무런 대가가 없으니 미안하구만. 대신 오늘은 푹 쉬게 해주겠네."

"감사합니다."

꽤 좋아하는 듯한 눈치를 보이고 있었지만 그 속에는 불안감이 숨겨져 있었다. 아직까지는 들키지 않았지만, 죄를 지으면 눈치가 보인다고 레진은 딱 그 심정이었다.

지하 실험실에는 목판 침상이 두 개 놓여 있었다. 그중 우측의 것은 레진이 쓰고 있었고, 좌측에 것은 여전히 정신을 차리지 못한 채 실험을 당하고 있는 유빈이 쓰고 있었다.

"흐음… 갈수록 몸 상태가 나빠져 가는군."

노인은 온몸을 붕대로 감싼 채 혼수상태에 빠져 있는 유빈을 쳐다보며 안타깝다는 듯이 말했다. 물론 유빈이 아니라 갈수록 몸 상태가 나빠져 그가 덜컥 죽는다면 실험을 완성하지 못할지도 모르는 상황을 걱정하는 것이었다.

사실 갈수록 몸 상태가 나빠지는 원인은 노인의 인정사정 보지 않는 실험 때문이었다. 하루에 대부분을 혈청을 만들기 위해 시간을 보내지만 한 시간 정도는 꼭 짬을 내어 유빈의 신체를 연구하였다.

물론 단순히 살펴본다는 개념을 지나쳐 온갖 실험을 다해 본다는 것이 문제이긴 하지만 말이다.

실험의 목적은 유빈의 몸에 어떻게 해서든 상처를 내는 것이었는데, 실상 몇 가지를 제외한 대부분의 실험은 성공이었다. 화상을 입어 살이 다 타 들어간 상태이니 선인의 육체라고 해서 칼을 들이대는 데 별 도리가 있겠는가.

더군다나 매일같이 일정량의 피를 뽑아서 실험에 쓰니 피가 남아날 리 없었다.

붕대 사이로 보이는 유빈의 살과 근육은 붉은빛보다는 피가 모자라 보랏빛을 띨 정도였다. 정말 죽지 않는 게 용하다고 할 수 있을 정도였다.

"하아, 수혈이라도 하지 않으면 오늘 죽는다고 해도 이상할 게 없겠어."

아직 죽기에는 유빈의 효용성은 너무 높았다.

노인은 냉기가 담긴 돌 상자로 가서 피가 담긴 유리병 하나를 들고 왔다.

02. 종족:인간

"흐음, 그런데 피 색깔이 평소랑 좀 다르네."

분명 인간의 피를 담은 병이었는데, 왠지 모르게 평소랑 느낌이 달랐다.

'히익!'

유리병의 피를 쳐다보며 고개를 갸우뚱거리는 노인의 모습을 본 레진은 불안하였다.

혹시나 하는 마음에 실눈을 뜨고 지켜보고 있었는데, 너무 어이가 없어서 말이 나오지 않았다. 평소 때는 한 번도 손대지 않던 인간의 피가 담긴 병을 꼭 오늘 같은 날 본단 말인가.

'저 영감탱이가 눈치챈 건 아닐까?'

불안한 나머지 실눈을 뜨는 것도 모자라 이젠 아예 눈을 부릅뜨고 노인이 무엇을 하는지 지켜보고 있었다.

"냉기 상자에 너무 오래 보관해서 변색한 건가?"

'휴~'

다행히 노인은 뱀파이어가 아니었기에 색의 차이를 제외하곤 어떤 것도 눈치채지 못했다.

하지만 문제는 다음이었다.

피를 수혈하게 된다면 곧바로 그것이 인간의 피가 아니라는 것을 들키고 말 것이다. 가령 인간의 몸에 돼지의 피를 넣었다고 쳐보자. 그 인간은 얼마 안 가 피가 몸에 맞지 않아 죽게 될 것이다.

뱀파이어인 레진이 그런 것까지 자세히 알 리 없었다. 사실 대륙의 의학 기술로는 혈액형조차 판별이 불가능하기 때문에 수혈이라는 개념 자체를 떠올릴 수가 없다. 하지만 워낙 뱀파이어에 대한 연구를 많이 하다 보니, 이 연금술사 노인조차도 아무 피나 주입해도 기사회생이 가능할 거라 착각을 하고 있었던 것이다.

"좋아. 그럼 수혈을 해볼까."

수혈에 대한 방법은 대략 현대 의학과 비슷했다.

팔에 있는 혈관에 작은 구멍이 있는 바늘을 꽂아 수혈하는 것이었다.

"뭐, 내버려 둔다면 알아서 되겠지."

뭐든 일에 꼼꼼한 연금술사치고는 약간 조심성이 없는 그였다. 피의 색깔이 변색된 것 같다면 어느 정도 확인 절차를 거쳤어야 했지만, 털끝만큼의 의심도 없이 바로 수혈을 했다는 것만 보아도 그렇다.

"흐아암, 생각해 보니 며칠 동안 밤을 새서 연구한다고 잠을 못 잤군. 내친김에 잠이나 좀 푹 자야겠다."

확실히 그는 근 삼 일 가까이를 자지 않고 연구에 매달렸다.

그의 눈 밑에는 그림자가 드리워져 있었다. 본래부터 햇볕을 쬐지 않아 하얀 얼굴이 수면 부족으로 더욱 창백해 보일 정도였으니.

"어이, 레진. 자나?"

"……."

"저놈도 피곤했나? 뱀파이어 주제에 불러도 대답을 못할 정도로 깊이 자다니, 한심하구만."

'저 영감탱이가!!'

성질 같아서는 당장 달려가 노인의 목을 조르고 싶었으나, 차마 지은 죄도 있고 자는 척하는 처지에 일어날 수도 없었기에 속으로 삭이는 수밖에 없었다.

두세번 정도 더 불러보아도 대답이 없자 노인은 별말없이 위층으로 올라가 버렸다.

벌떡!

"저놈의 영감탱이! 내가 잔다고 그딴 식으로 나불대다니!! 실험이고 뭐고 다 때려칠까 보다!!"

　말은 그렇게 했지만 그는 이미 동족들에 의해 실험용으로 바쳐진 몸이었다. 이러쿵저러쿵 따져 봐야 저만 손해라는 의미였다.

　지금으로부터 열흘 하고도 이틀 전의 일이다.

　혼수상태에 빠져 있는 유빈은 언젠가부터 조금씩 정신을 회복해 나가고 있었다. 워낙 몸의 부상이 심한지라 정신을 차리는 데만도 오랜 시간이 걸렸다. 정작 정신은 일찌감치 차렸지만 유빈의 몸은 심각한 위기에 처해 있었다.

　'모, 몸이 움직이지 않아.'

　피닉스의 불꽃은 유빈에게 단순한 화상만을 입힌 것이 아니었다.

　한순간의 방심으로 당했다고는 하나 온몸의 피부와 근육이 타 녹을 만큼 화상을 입었다. 또 피닉스의 불꽃에 둘러싸였을 때 무리하게 호신강기를 끌어올리다 내상마저 입고 말았다.

　화상을 입을 때 눈꺼풀이 붙어버리는 바람에 눈마저 뜰 수가 없었다. 그것은 입도 마찬가지였다.

　'예전에 마교의 천살마황진과 겨뤘을 때도 이런 중상을 입진 않았었는데… 이런, 완전히 폐인이 되어버렸구나!'

　손가락도 사이사이가 녹아 붙어버렸다. 이런 상태라면 검은 물론이고 숟가락조차 들기 힘들었다.

　'혹시 내력도 전부 소실한 것이 아닐까?'

　워낙 심한 중상을 입다 보니 내력마저 잃은 것이 아닐까 걱정이 되었다.

다행히 천운이 따라줬는지 유빈의 13갑자의 내력은 고스란히 중단전을 차지하고 있었다.

'내력은 있구나. 하지만… 이게 다 무슨 소용인가! 눈도 뜰 수 없고 입도 벌릴 수 없어 음식조차 먹을 수가 없다. 온몸의 감각마저 느껴지지 않는다. 내공이 있다곤 하나 폐인이나 다름이 없는 상태가 아닌가!'

유빈은 절망했다. 차라리 내공만을 잃었다면 훨씬 나았을 거라는 생각마저 들 정도로 말이다. 몸의 감각을 잃은 것, 그리고 앞을 볼 수가 없다는 것이 너무나도 그를 비참하게 만들었다.

'과거로 떨어졌을 때도 이렇게 절망적이진 않았는데……'

절망스럽다 못해 비참했지만 연륜이 있는지라 그는 스스로의 감정을 조금씩 정리해 나갔다. 그렇지 않다면 그는 심마(心魔)에 빠져 자아마저 잃을 수가 있었기 때문이다.

'앞이 보이진 않으나 마음의 눈으로 본다면……'

한 번도 보이지 않는 상태에서 심안을 써본 기억이 없었다. 멀쩡한 눈을 내버려 두고 마음의 눈에 신경 쓸 염두 따윈 없었기 때문이다.

설마 앞을 볼 수 없게 될 상황이 오겠는가, 라고 단언했던 것이 정말 현실로 다가오고 말았다.

'그때 그 소녀 역시도 마음의 눈으로 세상을 바라보았다. 나라고 못할 리가 없다.'

심안의 눈을 깨우친 유빈은 세상을 마음으로 보기 위해 노력했다. 눈을 뜨고 있을 때는 단순히 본질만을 파악하는 데 쓰이던 심안이, 눈이 보이지 않는 지금은 그것을 대신해 주고 있었다.

'보인다, 보여! 느껴진다. 그런데 도대체 여긴 어디지?'

한층 더 성장한 심안 덕분에 눈을 뜨지 않은 상태에서도 세상을 바라볼 수 있게 된 유빈은 주위의 모든 것을 느낄 수 있게 되었다.

'여긴… 지하실인 것 같은데, 왜 이렇게 음기가 짙은 거지?'

뱀파이어 퀸의 피를 비롯해 음기와 사기가 가득한 것들이 연구실에 가득했으니 그렇게 느끼는 것도 당연했다.

'그리고… 호흡이 약하고 보폭에 힘이 없는 걸로 보아선 분명 연로한 노인인데, 내 몸에 무슨 짓을 하는 거지?'

치이익!

몸의 감각을 잃었다곤 하나 불로 살을 지지는 데 기분 좋을 인간이 어디 있겠는가.

'이런 미친!!'

절로 욕이 나올 수밖에 없었다.

성질 같아서는 머리를 단숨에 베어버리고 싶었으나 최대한 감정을 수습하고 노인의 행동을 지켜보았다. 어차피 몸을 움직일 수가 없었기에 노인이 무엇을 하는지 지켜볼 수밖에 없었다.

'심검이라면 죽일 수 있지만… 이자가 나의 몸을 회복시킬 수 있는 방법을 찾을지도 모른다.'

이런 희망을 가지고 노인이 하는 것을 지켜보았지만 갈수록 실망을 금치 못하였다. 매일같이 몸에 칼을 들이대질 않나 항상 일정량의 피를 뽑아갔다.

'몸의 감각이 느껴지진 않지만 피를 뽑을 때마다 정신이 혼미해져 와.'

죽음의 징조라고 여긴 유빈은 절대로 잠들 수가 없었다. 언제 자신이 죽을지도 모른다는 불길한 예감이 그를 불안하게 만들고 있었다.

'이상하다. 노인의 할 행동이 먼저 머리 속에 그려지는 이유가 뭐지?'

한 번도 이런 적이 없었다.

심안으로 항상 노인을 주시하던 유빈은 뜻하지 않게 노인의 움직임을 예측할 수 있었다. 단순히 자신의 추측이 아니라 그가 움직이는 자세나 행동이 미리 그려지고 있었다. 단순한 예측이라면 빗나갈 수도 있겠지만, 이상하게 한 치의 오차도 없이 들어맞고 있었다.

정신이 깨어나 있지만 눈은 뜰 수 없고, 몸의 감각마저 잃게 되면서 오감을 넘어선 제6의 감각이 발달하기 시작한 것이다.

인간은 누구나 오감을 지니고 있고 동물적인 본능인 육감 역시도 내재되어 있다. 하지만 어떤 연유에서인지 아무리 단련을 해도 육감을 발전시킨 이는 많지 않다. 아니, 거의 전무하다시피 한다.

육감이라는 것은 단련을 한다고 해서 생겨나는 그런 것이 아니다.

수천, 수만에 이르는 경험과 극한에 이른 오감을 넘어서 동물적인 감각에 가까워진다면 본인도 모르게 조금씩 깨어가는 게 바로 육감이었다.

'제길, 이 노인은 나를 치료할 목적 따윈 전혀 없다!'

며칠 동안 노인의 행동을 주시했지만 자신을 고칠 생각 따윈 전혀 없어 보였고, 오히려 더 많은 것을 얻어낼 궁리만 하고 있었다.

'정말 탐욕스러운 인간이다. 내가 살아 있다는 것을 알면서도 이런 짓을 하다니… 정말 인간으로서의 감정이 메마른 놈이야.'

유빈은 화가 났지만 어쩔 도리가 없었다.

'내 몸이 회복될 기미만 보인다면 가차없이… 베어버리겠다.'

이래저래 노인은 실수를 한 것이다.

죽이기로 마음먹는 찰나의 순간, 젊을 당시에 잔인했던 습성이 풍겨져 나왔다.

오싹!

노인은 저도 모르게 유빈의 살기에 반응했다.

"방금 뭐지?"

뱀파이어들과 같이 있을 때도 느껴보지 못한 살기였다. 혹시나 하는 마음에 폐인이 되어 누워 있는 유빈에게로 시선을 돌렸다.

"하긴 그럴 리가… 내가 요즘 민감해졌나."

곧바로 안심하는 그였다.

얼마의 시간이 흘렀을까. 유빈처럼 폐인은 아니었지만 신참 동료가 들어왔다.

'뱀파이어라……'

하프 뱀파이어라서 그런지 심안을 통해서 보니 죽은 망자라는 느낌이 짙었다. 걸어다니는 시체라는 생각이 들었다.

생명을 지닌 존재의 본질을 꿰뚫어 보는 심안이었기에 영혼이 존재하지 않는 하프 뱀파이어는 죽은 자라고 느껴지는 것이었다.

"끄아아아악!"

처절한 비명 소리가 실험실 전체로 울려 퍼졌다.

그 소리가 유빈에게는 왠지 모르게 구슬프게 들려왔다.

'그래 봐야 같은 처지로군.'

하프 뱀파이어는 매일같이 실험을 당하였다. 간혹 잘못된 약을 먹어 혼자 캑캑거리며 뒤집어지는 경우도 있었고, 재생력을 시험한다느니 하며 멀쩡한 팔이 잘리는 등 괴로운 나날을 보내고 있었다.

'…동병상련인가?

이 하프 뱀파이어의 비명 소리를 들어온 지도 열흘이라는 시간이 흘렀다.

연금술사 노인은 손님의 방문으로 인해 위층으로 올라가 있었다.

유빈의 건강 상태는 전보다 훨씬 악화되어 있었다. 아무리 반선인 유빈이라고 할지라도 중상당한 채 너무 오랫동안 방치되어 있던 것도 모자라, 안 그래도 피를 많이 흘린 상태에서 매일같이 수혈을 해가니 더욱 악화되는 것이 당연했다.

'이젠… 정말 끝인가. 온몸이 나른해진다.'

철혈의 정신으로 버티려 해도 이젠 너무 힘들었다.

점점 흐릿해져 가고 있었다.

정신의 끈을 놓쳐 버리기 바로 직전이었다.

"후아, 정말 맛있다! 역시 남자라면 원샷이지이이… 제기랄!!"

'하아, 저놈이 도대체 뭘 하기에……'

다행히 하프 뱀파이어 덕분에 놓칠 뻔한 정신의 끈을 다시 잡았다.

하프 뱀파이어는 무슨 꿍꿍이속인지 실험실을 샅샅이 뒤지며 무언가를 찾아댔다. 물론 그런 것까지 유빈이 알 수 있을 리가 만무했다.

'단단히 겁을 먹었군. 뱀파이어 정도의 완력이라면 노인을 제압하거나 죽이는 건 일도 아닐 텐데……'

그렇게 당했으니 충분히 겁먹을 만도 했다. 하지만 유빈이 보기에는 너무 지레 겁먹은 듯했다.

몇 분 후, 볼일을 마친 노인이 내려왔다.

"흐음, 갈수록 몸 상태가 나빠지는군. 수혈을 해야겠어."

아직도 효용성이 높은 유빈을 쉽게 죽이고 싶진 않았는지, 곧바로 수혈을 결정한 그는 돌 상자에서 피가 든 병을 가지고 왔다.

"원래 색깔이 이렇던가?"

노인은 병에 든 피의 색깔을 보며 갸우뚱거렸다. 유빈이야 그런 것을 알 리가 없었다. 조금이라도 자신에게 도움이 될 것 같으면 빨리 서둘러 줬으면 하는 바람일 뿐이었다.

얼마 안 가 유빈의 팔 혈관으로 주사 바늘 같은 것이 꽂혔다.

움찔!

'이, 이건……?'

혈관을 통해 피가 들어오는 그 순간 유빈은 경련을 일으켰다.

너무나도 차가운 음기가 피에서 느껴졌기 때문이다.

선홍빛 피는 유빈의 혈관을 통해 서서히 온몸으로 퍼져 나가고 있었다.

'크윽! 너, 너무 차가워. 도대체 이건……'

한 번도 겪어보지 못한 일이었다. 굉장한 음기가 그의 온몸 구석구석을 타고 흘러가 그를 지배하려 들고 있었다.

단순한 뱀파이어의 피도 아니고 뱀파이어 퀸의 피였다. 유빈의 피는 극양의 피였다. 문제는 퀸의 피는 극음의 피라는 것이었다.

'차가운 정도를 넘어서서 얼어붙을 것만 같아.'

처음에는 단순히 수혈로 생각하였던 것이, 이제는 독은 아닐까 하는 생각이 들 수밖에 없었다.

'반선인 내게 독 따위가 통할 리가 없는데…….'

원래의 몸 역시도 현경의 경지를 넘어섬으로써 만독불침의 경지에 오른 유빈이었다. 더군다나 생사경의 경지에 올라 반선이 되면서 독이란 그에게는 무용지물이 되었다. 결론은 하나였다.

'독은 아니다. 하지만 극음의 피가 내 몸을 장악하려 든다.'

피가 계속해서 들어오자 유빈의 몸은 조금씩 차가워져 갔다.

선인의 육체가 되면서 피 역시도 음양이 잘 조합된 보혈로 변했었는데, 이제는 한쪽의 기운으로 치우쳐 가고 있었다.

우우웅!

그때였다.

극음의 피가 온몸을 순환하고 있다고 느껴질 때 유빈의 몸에 변화가 일어났다. 화상을 입은 살들이 하얗게 빛이 나기 시작했다.

'도, 도대체 이게 무슨 징조지? 몸이…….'

뱀파이어들의 재생 능력은 인간의 수십 배에 달한다. 그리고 퀸의 피라면 재생 능력이 보통의 수십 배를 넘어선다.

유빈의 혈관을 통해 흐르고 있는 피는 뱀파이어 퀸의 것이다. 보름달과 적월(赤月)의 힘을 타고난 퀸의 피는 보통 뱀파이어들과는 비교도 되지 않을 만큼 강한 잠식력을 지녔다. 여기서 한 가지 비밀이 있었는데, 퀸은 절대로 하프 뱀파이어를 만들 수 없다는 것이다.

그녀가 피를 누군가에게 준다는 것은 바로 피의 의식, 후계를 원할 경우일 뿐이다. 그렇기 때문에 원로들과의 긴 회의 끝에 노인에게 피를 조심스럽게 넘길 수 있었던 것이다. 그런데 조심해야 할 퀸의 피가 이렇게 유빈에게 수혈된 것은 말 그대로 전혀 예측 못한 상황이었던 것이다.

우우웅!

유빈의 몸은 백색 빛에 물들어가고 있었다.

'안 돼! 가만히 있다가는 극음의 피가 내 몸을 지배하려 들 거다!'

극음의 피의 흐름은 너무도 빨랐다. 온몸을 빠르게 순환하면서 그를 지배하려 들었다.

사실 반선이기 이전에 정순한 내력을 지닌 유빈은 극양의 피에 가까웠다. 그렇기에 정상적이라면 퀸의 피를 견뎌내려 했겠지만, 실제 유빈의 몸 안에는 피가 얼마 남아 있지 않았다. 매일같이 피를 뽑았으니 남아날 리가 없었다.

'피로 견딜 수 없다면 내력을 일으키는 수밖에!!'

처음에는 몸이 너무 약해진 탓에 내력을 일으킬 엄두를 내지 못하였는데 상황이 달라지기 시작했다.

유빈은 온몸의 감각이 다시 돌아오고 있는 것을 느낄 수 있었다.

몸의 감각이 돌아오는 순간 중단전에 있던 13갑자의 내력이 깨어났다. 퀸의 피로 인해 잠식당할 위기에 처한 유빈의 몸에 내력이 감돌았다.

우우웅!

백색의 빛으로 둘러싸여 있던 유빈의 몸에 푸른 빛이 감돌더니 얼마 있지 않아 붉은 빛을 띠기 시작했다.

"젠장! 도대체 그 피가 뭐였기에……."

하프 뱀파이어 레진은 붉게 빛나고 있는 유빈을 망연자실하게 쳐다보았다.

인간의 피가 아니라는 것을 알고는 있었지만, 이런 이상한 반응을 일으킬 거라고는 전혀 예상하지 못했던 그다.

쿵!

"으윽! 이, 이게……!"

레진은 당황스러웠다.

붉은 빛을 보는 순간 몸을 세울 수가 없었다. 마치 누군가가 자신을 강제로 부복시키는 듯 그는 무릎을 꿇어야만 했다. 고개조차 들 수 없었다.

우우우우!

유빈을 둘러싸던 붉은 빛은 얼마 있지 않아 수그러들었다.

레진은 고개를 들 수가 없어 슬며시 눈을 치켜뜨고는 유빈을 바라보았다.

탁!

사뿐히 바닥을 밟는 소리가 들려왔다.

'아, 이럴 수가! 분명 이자가 그 화상을 입은…….'

레진의 눈빛은 놀람으로 가득 찼다.

눈앞에 있는 자는 불과 삼십 분 전까지 심한 화상을 입어 알아보기조차 힘든 자였다.

그런데 지금 그 앞에는 은발의 머리카락이 등허리까지 내려오는 준수한 청년이 서 있었다. 언제 화상을 입었냐는 듯 피부가 백옥과도 같았다.

지금 유빈은 아무것도 입고 있지 않았다.

"환골탈태를 한 건가? 내 몸같이 느껴지지 않는군."

'몸을 일으켜 세워야 한다. 세워야 해!!'

한편 자신이 왜 부복을 하고 있는지는 모르겠지만 어떻게 해서든 몸을 일으켜 세워야 한다는 강한 일념을 가지자 레진은 곧 몸을 일으켜 세울 수 있었다.

"이씨, 너 도대체 누구야?"

"말 많은 뱀파이어… 레진이라고 했던가?"

"어, 어떻게 내 이름을……!"

모습은 아무리 봐도 이십대 초반의 준수한 청년이었는데, 말투를 보면 꽤 연륜이 느껴졌다.

"자면서 들었지. 옷이라도 있다면 다오."

알몸인 것은 신경 쓰지 않으나 남이 보는 앞에서라면 눈치가 보이는 것은 당연했다. 레진도 그의 벗은 몸을 보는 것이 유난히 거슬렸기 때문에 자신이 가지고 있던 여벌의 옷을 넘겼다.

"고맙구나."

"뭐, 뭐가 고맙다는 거야?"

"네 덕분에 내 몸을 회복시킬 수 있었다."

내력으로 다행히 극음의 피가 자아를 장악하는 것을 막을 수 있었다. 하지만 체질, 체형이 완전히 변해 버린 것만은 막을 수가 없었다.

"내가 뭘 했다고……."

레진은 이상하게 유빈을 대할 때 저도 모르게 주눅이 들었다.

"내 몸을 가져왔다면 물건 역시도 있을 텐데……."

유빈은 주위를 둘러보았다.

그가 가진 것은 별로 없었다.

하지만 딴 건 몰라도 황금 용병패만은 찾아야 한다. 그것이 없다면 여러모로 귀찮아진다.

눈으로 찾을 필요가 없다.

유빈은 눈을 감고 심안으로 지하실을 통째로 바라보았다.

'다행이로군, 아직까지 보관해 두고 있었다니.'

혹시나 본인에게 필요없다고 버리지나 않았을까 싶었는데, 지하실의 좌측 선반 위에 황금 용병패와 돈주머니가 놓여 있었다.

부웅!

딱히 손을 내민 것도 아닌데 저절로 용병패와 주머니가 유빈에게로 날아왔다. 누워 있는 동안 깨달음이 더욱 깊어졌다는 것을 뜻했다.

"너, 너, 인간이 아니지?"

레진은 저절로 날아와 유빈의 손으로 들어간 용병패와 돈주머니를 보며 놀라서 소리쳤다. 순혈의 뱀파이어들조차 이런 능력을 지녔다는 것은 금시초문이었다.

"뭐, 인간은 아니다."

'정확히 말해선 반선이지만… 지금의 내 상태는 뭐라고 말해야 할지 모르겠어.'

"그럼 그렇지. 인간이 이렇게 세 보일 리가 없지."

"참 편한 녀석이로구나, 상대방을 파악할 때 강약으로 판단하다니."

어떻게 본다면 이렇게 순진무구하면서 눈치가 빠른 이런 녀석이 가장 오래 살아남는다. 적당한 타협도 알고, 정세를 제대로 파악할 줄 알기 때문이다.

"그런데 너는 연장자를 대할 때 반말을 하니?"

본래 같으면 반말만 해도 그대로 패버렸겠지만, 폐인으로 며칠을 보내는 동안 그는 많은 것을 생각하게 되었다. 좀 더 모든 일에 침착해지자는 것이 최종적인 결론이었다.

"연장자? 나랑 동갑으로밖에 보이지 않는데……."

"동갑? 그게 무슨… 혹시 여기 거울이 있나?"

한참 젊은 놈한테 동갑으로 보인다는 소리를 듣게 되니 유빈으로서는 여간 당황스럽지 않을 수가 없었다.

"저기."

지하실의 한쪽 벽에 큰 거울이 걸려 있었다.

"엇! 이, 이건!"

유빈은 거울을 보는 순간 깜짝 놀랄 수밖에 없었다.

'…젊어졌어.'

거울에 비친 긴 은발의 준수한 청년은 다름 아닌 유빈의 젊은 시절 얼굴이었다. 퀸의 피가 그를 젊게 만들었다. 세포가 최대한 활성화되면서 환골탈태와 비슷한 현상을 겪은 것이었다.

"내가 젊어지다니… 재미있군."

젊어졌다곤 하나 그에겐 별다른 감흥은 없었다. 그는 이미 그런 것을 초월한지 오래였기 때문에 별다른 신경을 쓰지 않았다.

"뭐, 겉보기에는 비슷해 보여도, 이제 오십대 중반을 넘어선 나보다 나이가 많진 않을 거라 생각하는데?"

하프 뱀파이어 역시도 영생을 살기 때문에 겉모습만으로 나이를 추측하는 것이 불가능했다.

"에? 난 55년 동안 살았는데?"

"쿨럭!"

'도, 동갑?'

예상외로 이 하프 뱀파이어는 정말로 유빈과 동갑이었다. 나이를 먹지 않는 뱀파이어기 때문에 나이를 추측하기 힘들었다.

"그, 그렇다면 서로 말 놓기로 하지."

"이미 놓고 있지 않아?"

"……."

순진해 보이는 모습으로 유빈의 속을 조금씩 긁어가고 있는 레진. 참고 있었지만 언제 폭발할지 모르는 상태가 바로 유빈이었다.

"이곳의 주인이 뭘 하는지는 알고 있나?"

"우리 일족의 연금술사."

"그도 뱀파이어인가?"

"아니, 인간이야. 하지만 계약 때문에 우리를 위해 일하고 있어."

몸이 회복되는 순간을 기다려 왔기 때문에 노인의 정체에 대해서 어느 정도 파악해야 한다는 생각에 물었던 유빈은 의외라는 생각이 들었다.

'인간이 뱀파이어를 위해서 일한다…….'

분명 이자가 하는 연구는 인간들에게 백해무익하다는 것을 알려주고 있었다.

그동안 정신이 깨어 있었고, 심안으로 노인의 행동을 주시하고 있던 유빈이었다. 노인이 간혹 하는 말을 들어보면 뱀파이어가 낮에도 돌아다닐 수 있게 만드는 그런 연구를 하고 있는 듯했다.

"역시 이 지하실은 폐쇄해 버리는 것이 좋겠군."

이런 곳에서 연구가 완성된다면 수많은 인명이 피해를 볼지도 모른다.

"잠깐 비켜서라."

"에?"

촤아아악!

유빈이 손끝에 기를 모아 실험 도구들을 향해 긋자,

와장창!

그것들은 하나도 남김없이 깨져 버리거나 갈라져 산산조각나 버렸다. 안에 들어 있던 약재 같은 것들이 바닥으로 흘러내렸다.

파팡!

유빈이 손을 내밀 때마다 지하실의 사방에서 펑펑 소리와 함께 물건들이 터져 나갔다.

'도, 도대체 이 녀석 뭐야? 손만 내밀었다 하면 다 터져 버리잖아!'

뱀파이어 레진은 겁을 잔뜩 집어 먹고는 그 자리에서 얼어 있었다.

"이, 이게 무슨 짓이냐!!"

이 정도로 시끄러웠는데 바로 위층에서 잠을 자고 있던 노인이 눈치채지 못할 리가 없었다. 언제 내려왔는지 거의 대부분이 파괴된 연구실을 보며 망연자실한 눈빛만을 보이고 있었다.

유빈의 입가에는 차가운 미소가 어려 있었다. 누워 있는 동안 가장 거슬렸던 인물을 대면하게 되자 절로 웃음이 나왔다.

"도대체 네 녀석은 누구냐?"

연금술사 노인은 자신의 눈앞에 서 있는 긴 은발의 청년을 보며 붉어진 눈으로 소리쳤다. 연금술사에게 있어 가장 소중한 실험실을 앗아갔으니 화가 머리끝까지 날 만도 했다.

"네 목숨을 거둬갈 자."

"이, 이런 미친!!"

한 번도 보지 못했던 젊은 놈이 갑자기 나타나 실험실을 엉망진창으로 파괴한 것도 모자라 자신의 목숨을 거둬가겠다고 하자 이젠 어이가 없어서 말도 나오지 않을 정도였다.

"본인의 잘못은 생각지도 않고 어이가 없다는 생각밖에 하지 않는군."

"뭐, 뭣이!"

노해 소리를 지르는 듯했지만 노인의 얼굴에는 당황스러운 기색이 역력했다. 자신의 생각을 꿰뚫어 보았으니 충분히 그럴 만도 했다.

"인간이라고 들었는데, 탐욕이 극치를 이루더군."

유빈은 싸늘한 눈빛으로 그를 내려다보았다.

무의식적으로 유빈과 눈을 마주친 노인의 두 눈이 왕방울만해졌다.

'선홍빛 눈?'

유빈의 눈 빛깔은 예전과 다르게 모든 것을 빨아들일 것만 같은 선홍빛을 띠고 있었다.

"너… 도대체… 서, 설마?!"

뭔가 이상하다는 낌새를 알아챈 노인은 목판 침상을 향해 고개를 돌렸다. 하지만 그 자리에 있던 목판 침상은 뭔가에 눌렸는지 부서져 있었다.

"서, 설마 내가 수혈한 게……?"

처음에는 노기로 인해 붉게 상기되어 있던 노인의 얼굴이 점차 창백해져 가고 있었다. 뭔가 우려하던 일이 발생했다는 그런 얼굴이었다.

타타탁!

노인은 지하실의 한쪽 구석으로 달려갔다. 다행히 항아리는 무사했다. 그러나 항아리 안에서 회색 병을 꺼내 본 노인의 얼굴에는 망연자실함만이 가득 차 있었다.

"어떻게… 어떻게 이런 일이 있을 수 있단 말인가!!"

　　　　"뭐가 이런 일이라는 거지?"

　얼굴이 창백하다 못해 이젠 울부짖기까지 하는 연금술사 노인에게 유빈이 물었다.

　　노인은 들은 척도 안 하고 혼자 심각해져 망연자실한 채 회색 병만을 쳐다보고 있었다.

　　"무슨 영문인지 가르쳐 줄 생각이 없다면, 죽음을 받아들이는 걸로 생각하지."

　　우웅!

　　유빈의 손에서 푸른 빛이 일며 검기가 생성되었다.

　　노인을 처음 보는 순간 살기가 치밀어 올랐지만, 그가 극음의 피로 인해 변한 자신의 몸의 증상에 대해서 잘 아는 것 같아 겁만 주기 위해

검기를 유형화시킨 것이다. 그런데 기대했던 반응과는 달리,

"크큭, 역시 그랬었나? 하긴 극음의 피를 일시적으로 누를 수 있는 것은 양기가 강한 마나뿐이겠지."

"그, 그걸 어떻게?"

이 연금술사 노인은 유빈의 상태를 너무나도 잘 알고 있었다. 극음의 피로 인해서 계속 알 수 없는 변화가 일어나는 것을 내력으로 강제로 막은 상태였다.

"과거에도 이와 비슷한 일이 한 번 있었지. 소드 마스터가 실수로 퀸의 피를 마셨었다."

"퀸의 피라니? 그게 무슨 말이지?"

피를 수혈을 받긴 했으나 그 피가 누구의 것인지 모르는 유빈이었다.

중원에서 보았던 가장 음기가 짙은 독사의 피조차도 이 정도까진 아니었다.

유빈이 내린 결론은 하나였다.

이 피는 인간의 것이 아니다!

마공이나 사공을 익힌 자는 정종의 무공을 익힌 자들과 달리 음기가 짙다. 하지만 그들의 무공상의 특징일 뿐이었다. 이것은 자신의 몸을 지배하려들 만큼 너무도 강력했다.

"하긴 자네는 모르고 있겠군."

"그러니까 설명을 해줬으면 하는데?"

"뱀파이어 퀸."

"뱀파이어 퀸? 뱀파이어의 여왕이란 말인가?"

"그래. 네 몸에 흐르고 있는 극음의 피는 바로 뱀파이어 퀸의 피다."

원래의 차원에 있을 때 들어본 적이 있다. 뱀파이어의 피를 마신 자는 그와 마찬가지로 흡혈귀가 된다는 전설을 말이다.

"퀸의 피는 단순한 뱀파이어의 것이 아니네."

유빈이 알고 있는 상식은 뱀파이어의 본고장인 안개의 숲의 법칙과는 달랐다.

뱀파이어들에게도 각기 계급이 존재했다.

최초라는 칭호와 적월과 보름달의 기운을 타고난 뱀파이어 퀸.

뱀파이어들의 계급에 대해선 이실로드 대륙에 잘 알려져 있지 않지만 이 퀸의 존재만은 알려져 있었다.

[신들의 저주를 받아 태양을 보지 못하는 최초의 존재.

붉은 달과 보름달의 축복을 받은 존재.

선홍빛 피와 달빛만큼 아름다운 존재.

드래곤조차 함부로 대할 수 없는 존재.]

그녀가 없었다면 모든 뱀파이어의 씨는 대륙에서 사라졌다고 해도 과언이 아닐 정도로 그녀의 영향력은 너무나도 컸다.

"단순히 하프 뱀파이어들이나 순혈 놈들의 피를 마시게 된다면, 그들의 종족이 되고 말지."

"나 역시도 그렇게 될 수 있다는 건가?"

퀸의 피는 그를 호시탐탐 지배하려 들고 있었다.

"달라. 물론 그녀 역시도 뱀파이어이니 그 피 역시도 마찬가지이겠지만, 퀸이 누군가에게 피를 넘기는 것은 오직 후계를 위할 때만이지."

이미 늦었다는 것을 아는 노인이기에 모든 사실을 얘기해 주는 것이었다. 하프 뱀파이어 레진 역시도 처음 듣는 얘기에 귀를 기울이며 경청하고 있었다.

"그 피를 얻은 자는 뱀파이어 퀸이라도 된다는 말이냐?"

"아니, 하늘에 태양이 두 개일 수 없듯이 기존의 퀸이 죽지 않는 이상 그럴 일은 없다. 하지만 불완전한 피에 잠식당하고 만다."

사람들이 알고 있기에 뱀파이어의 수명은 영생불멸한 것으로 전해지고 있다. 하지만 실제로 그들에게도 수명은 존재한다.

하프 뱀파이어의 경우에는 오백 년의 수명.

순혈 뱀파이어일 경우에는 천 년의 수명.

작위가 있는 뱀파이어일 경우는 이천 년의 수명.

그리고 뱀파이어 퀸은 만 년의 수명을 지닌다. 수명이 있는 뱀파이어 퀸을 왜 최초의 뱀파이어라고 하는 걸까? 그리고 영생불멸이라 칭하는 이유가 뭘까?

"퀸은 후계 의식을 하면서 그 기억을 다음대 퀸에게 넘겨준다. 그런 식으로 이어나가기 때문에 뱀파이어 퀸을 영생불멸의 존재라고 하는 것이다."

"그래서 어쩌란 말이지? 내가 불완전한 그 퀸에게 잠식당할지도 모른다고 경고하는 거냐?"

유빈의 말에 연금술사 노인의 안색이 어두워졌다. 자신의 말을 전혀 진지하게 듣지 않고 있는 듯했다.

사실 노인 역시도 한 가지 모르고 있는 사실이 있었다. 유빈은 보통 사람이 아닌 반선이었다. 퀸의 극음의 피가 그의 몸을 지배하기 위해 헤집는다 하여도 절대로 유빈의 몸을 차지할 수는 없다.

"그렇다면 하나만 묻지. 내 혈관을 타고 흐르는 피는 뱀파이어 퀸의 것이다. 그렇다면 난 햇빛을 쬘 수 없는 건가?"

흡혈에 대한 욕망 따위는 없었지만 스스로의 몸 상태가 예전과 다르다는 것을 느꼈다. 혹시 자신이 뱀파이어가 된 것이 아닐까 하는 마음에 물은 것이었다.

"그거야 난 모르지. 정말로 이겨냈다면… 아무런 문제가 없겠지."

"그렇군. 정말로 피를 이겨냈다면, 빛을 쬐어도 아무런 이상이 없겠지."

가장 단순하면서도 쉬운 방법이었다. 퀸의 피가 육체를 잠식하지 않았다면, 자외선 빛을 쬐었다고 해서 재로 변할 일은 없을 것이다.

"좋아. 나가서 직접 햇빛을……."

찌잉!

유빈은 말을 끝내기도 전에 뭔가를 감지해 냈다. 제6의 감각이 발달한 효과가 이제야 발휘된 것이었다.

'뭐지?'

콰쾅!

순식간에 천장을 뚫고 무언가가 지하실로 침입했다.

지하실은 회색 먼지로 자욱해졌다. 그 덕분에 눈앞의 시야가 가려졌다.

'양손에 단검을 들고 있고, 십 보 앞에 있다.'

먼지로 눈앞의 시야가 가려져 있었지만 유빈은 심안을 통해 상대를 파악하고 있었다. 그리고 그 움직임마저도 미리 예측하고 있었다.

'달려와서 단검으로 찌른다.'

휙!

유빈은 상체를 옆으로 꺾은 뒤 주먹을 허공을 향해 뻗었다.

퍽!

뿌연 먼지 사이로 흐릿한 무언가가 유빈의 주먹에 맞고 튕겨 나갔다. 기로 상대방의 위치를 파악한 것이 아니라 오직 심안과 육감을 믿고 행하는 것이었다.

'단검을 던진다.'

팍!

역시나 단검이 날아왔다. 이런 것 정도는 소리만 듣고도 파악해 잡아낼 수 있었다.

탁!

단숨에 날아온 단검을 낚아챘다. 하지만 적이 노리는 것은 그것이 아니었다.

'속임수?'

유빈은 재빨리 양팔을 교차시켰다.

퍽!

강한 충격이 밀려왔다. 하지만 그것이 다였다. 두 번째 공격으로 잇기에는 상대의 실력이 미숙했다. 그런 점에서 경험이 많은 유빈은 곧바로 다리를 올려 상대방을 차버렸다.

'얼굴에 맞았다.'

퍼억!

우드득!

'손톱인가?'

유빈의 허벅지로 날카로운 손톱이 파고들었다. 화상을 입기 전이라면 손톱 따위가 살을 파고들 리 없겠지만, 퀸의 피로 인해 재생된 피부는 전과 달리 변해 있었다.

"계집도 아니고 손톱질이냐!!"

내력을 사용하지 않으려 했던 마음이 싹 가셔 버렸다.

쾅!

유빈은 그대로 다리를 들어 바닥에 찍어버렸다. 손톱을 허벅지에 박고 있었던 상대는 유빈의 다리와 같이 바닥으로 곤두박질 치고 말았다.

"컥!"

"아직도 손톱을 빼지 않는 거냐?"

부웅!

유빈이 가벼운 손짓을 하자 그의 다리에 손톱을 박고 있던 정체 모를 자의 몸이 공중으로 떠올랐다.

이것은 바로 격공섭물의 수법이었다. 유빈 정도의 심후한 내력을 지닌 자라면 쉽게 할 수 있는 수법.

스스스!

언제 그랬냐는 듯 뿌옇게 올라왔던 먼지가 빠르게 가라앉았다. 그것으로 보아 인위적으로 먼지를 일으켰다는 것을 알 수 있었다.

"쿨럭쿨럭! 아, 아니, 당신은?!"

먼지가 가라앉으면서 시야가 밝아지자 연금술사 노인은 천장을 뚫고 내려온 존재를 보며 깜짝 놀란 듯했다.

그 정체 모를 자는 바로 흑의의 뱀파이어였던 것이다.

"크으윽!"

노인을 감시하는 것이 목적인 이 뱀파이어가 천장을 뚫고 내려온 이유가 무엇일까?

"네놈도 뱀파이어로구나."

인간이 아니라는 것을 알게 되자 유빈의 얼굴은 훨씬 더 차갑게 굳어갔다.

"왜 날 노린 거지?"

유빈의 질문에 놈은 대답하지 않았다. 오히려 멍한 눈빛으로 유빈의 눈을 쳐다보고만 있을 뿐이었다.

"선홍색 눈빛… 결국 일을 저질렀군."

흑의의 뱀파이어는 분노가 담긴 눈빛으로 연금술사 노인을 쳐다보았다. 퀸의 피를 가져다주면서 불길했었는데, 그것이 현실로 나타나버렸다.

"역시… 네놈을 믿는 것이 아니었다."

"이, 이건 내가 한 짓이 아니오!"

"과정은 중요하지 않다. 네놈의 요구가 이런 상황을 만들……!"

쾅!

"커억!"

흑의의 뱀파이어는 본인의 말을 끝내기도 전에 바닥에 다시 한 번 곤두박질 치면서 고통의 비명을 지를 수밖에 없었다.

"내게 잡혀 있는 주제에 말이 너무 많군."

"크으윽."

"내 질문에 답해라. 왜 날 노린 거지?"

부들부들!

흑의의 사내는 온몸이 떨리는 것을 느꼈다. 고개를 들어 유빈의 선홍빛 눈과 마주치자 저도 모르게 시선을 돌리고 말았다.

"당신에게서 퀸이 느껴진다."

모든 뱀파이어는 퀸에게 복종을 하게 되어 있었다.

선홍빛 눈과 마주치는 순간 심장이 터져 나갈 것만 같았다.

"그 여자의 피를 수혈받았거든."

"당신도 퀸의 일부분이나 마찬가지입니다."

유빈에게서 퀸을 존재를 느끼는 순간부터 그는 유빈에게 복종할 수밖에 없었다. 경로가 어떻게 되었든 유빈은 퀸이 될 수 있는 자격을 얻게 된 것이다.

"너희들의 퀸을 위해서 날 죽이려는 것이 아니냐?"

"퀸의 피에 잠식당해 미쳐서 날뛰는 당신을 죽이러 왔을 뿐."

"난 미치지 않았을뿐더러 잠식 따윈 전혀 당하지 않았다, 뱀파이어."

"그렇기 때문에 당신을 인정합니다."

흑의의 사내의 목소리에는 경건함이 가득했다. 마치 유빈을 왕으로 여기는 듯한 그런 목소리였다.

"꺼져! 나는 네 인정 따윈 신경 쓰지 않는다."

휙! 쿵!

"크윽!"

유빈은 흑의의 뱀파이어를 실험실의 한구석으로 던져 버렸다. 그다지 들을 가치도 없는 얘기였다. 뱀파이어 따위가 자신을 인정한다느니 하는 그런 말을 들을 만한 기분이 아니었다.

"나가야겠어."

지하 연구실 위로 천장이 뚫린 덕분에 경공을 펼쳐 곧바로 나갈 수 있었다.

그때 연금술사 노인이 유빈을 붙들었다.

"지금 떠나면 안 되네."

"놔라."

"이보게, 내 말을 듣게나. 지금 자넨 나가봐야……."

촤악!

툭!

언제 베었단 말인가. 순식간에 노인의 팔이 바닥으로 떨어져지며 피가 분수처럼 뿜어져 나왔다. 갑작스럽게 일어난 일인지라 노인은 비명조차 지르지 못하고 바닥으로 쓰러졌다.

"내 피를 뽑아 쓴 대가만 받는다. 내 몸을 가지고 장난친 것까지 한다면 목이겠지만 팔로 끝내지."

휙!

그 말을 끝으로 유빈은 경공을 사용해 밖으로 나가 버렸다.

사실 목은 베이지 않았지만 이 정도의 출혈만으로도 노인은 살아남는 것 자체가 불가능했다.

"흐흐흐흐……."

바닥에 쓰러진 채 고통에 겨워하는 노인에게 음흉한 웃음소리를 흘리며 다가오는 자가 있었다.

녹색 머리카락에 창백한 얼굴의 하프 뱀파이어 레진이었다. 평소 때의 순진무구한 표정은 없었고 광기에 가득 차 있었다. 혈향을 맡는 순간 이성을 잃었기 때문이다.

"할짝! 잘 먹겠습니다."

"끄아아아악!"

노인의 처절한 비명 소리가 안개의 숲 전체로 울려 퍼졌다. 인과응보라고 할 수밖에 없었다.

"안개가 너무 짙어."

오두막에서 나온 유빈은 숲 밖으로 나가기 위해 허공으로 몸을 띄웠다. 하지만 안개가 워낙 짙다 보니 숲이 어디까지인지조차 보이지 않았다. 심안으로 본다면 충분히 꿰뚫어 볼 수 있겠지만 이런 일에까지 그것을 쓰고 싶진 않았다.

"오두막이 마주 보이는 방향으로 가보자."

마음이 가는 대로 방향을 잡았던 것인데 정확한 판단이었다. 오두막이 마주 보이는 방향으로 주욱 걸어가면 안개의 숲을 벗어날 수 있었던 것이다.

"숲 전체에 이런 안개가 끼어 있다니… 잘못하면 길을 잃기 십상이겠군."

보통 안개의 숲에 들어오게 되면 유빈의 말대로 길을 잃게 된다. 본인은 앞으로만 간다고 생각하겠지만 안개가 짙은 곳에선 방향 감각이란 믿을 게 못 된다.

촤악!

쿵!

약간은 무식한 방법이긴 하지만 꽤 쓸모있는 방법이긴 했다. 숲에선 곧바로 간다는 말 자체가 어울리지 않는다. 앞으로 가다 나무가 있으면 그것을 피해서 가야 하기 때문에 본인도 모르게 조금씩 가는 방향이 바뀌게 되는 것이다. 그러나 유빈은 앞을 가로막는 것은 무조건 베어 넘겨 버렸다.

"귀찮군. 일일이 베어내기란……."

벌써 두 시간가량을 쉬지 않고 베어버렸지만 숲의 끝은 보이지 않았다.

스스스!

계속해서 앞으로 전진하고 있던 유빈은 수풀 사이로 움직이는 무언가를 포착했다.

"산짐승인가?"

분명 인간은 아니었다. 단순히 느껴지는 기운은 동물적인 것이었다.

스윽!

수풀이 움직이는 방향으로 유빈이 손을 긋자 풀이 일 자로 갈라졌다. 생각보다 그 동물은 민첩하고 날렵했다. 무형의 검기마저 본능적으로 피했을 정도면 충분히 그랬다.

"단순한 짐승이 아니구나."

스윽!

유빈의 신형이 순식간에 사라져 버렸다.

주위는 마치 텅 빈 숲처럼 변해 버렸다. 수풀을 바스락거리며 유빈을 거슬리게 했던 존재는 정작 그가 사라져 버리자 의구심이 들었는지 더 이상 움직이지 않았다.

탁!

"멍청한 놈. 계속 도망쳤어야지."

픽!

깨갱!

유빈의 발길질에 그 존재는 깨갱거리며 넘어졌다.

발길질에 당한 짐승은 다름 아닌 늑대였다.

심안으로 본질을 파악할 수 있는 유빈은 그것이 단순한 짐승이 아니라는 것을 알 수 있었다.

"네 모습을 밝혀라. 그렇지 않는다면 지금 당장 죽여줄 수도 있다."

늑대는 뭔가 망설이는 듯한 눈빛으로 유빈을 바라보고 있었다. 절대로 늑대 따위가 보일 수 없는 그런 눈길이었다.

"뱀파이어로군. 죽고 싶지 않다면 본래 모습을 보여라."

뱀파이어가 늑대와 박쥐로 변할 수 있다는 것 정도는 상식으로 알고 있는 유빈이었기에 이렇게 장담하는 것이었다. 물론 뱀파이어가 아니더라도 상관없다. 동물을 상대로 굳이 쪽팔릴 것까지야 있겠는가.

"어떻게 알았지?"

늑대는 어느새 금발의 매혹적인 여인으로 변해 있었다.

"이 숲에서 나타나는 놈들이라고 해봐야 뱀파이어밖에 더 있나?"

안개의 숲을 들어가는 자들의 가장 기초적인 상식이었다. 뱀파이어들의 성도나 다름없는 이곳에 있어 봐야 뱀파이어들밖에 더 있겠는가.

"호호호, 맞는 말이야."

"꺼져라. 죽기 싫으면……."

"싫은걸. 난 자기 피 맛을 보기 전까지는 못 가겠어."

유빈의 실력이 보통이 아니라는 것을 알았을 텐데도 이렇게 여유를 부리는 것을 보면 보통 뱀파이어가 아닌 듯했다.

혀를 낼름거리는 것으로 보아 정말로 피를 원하는 것 같았다.

"더 이상의 경고는 없다."

"응?"

콱!

"아악!"

어느새 유빈의 손은 그녀의 목을 움켜쥐고 있었다.

본래 유빈은 이렇게 잔인무도한 손속을 지니지 않았는데, 왠지 퀸의 피를 수혈받은 후로 조금씩 성정이 날카롭고 차가워져 가고 있었다.

"내 경고를 무시하지 말았어야지."

"아아아……."

이상했다. 목을 움켜잡았으면 고통스러워해야 정상인데, 그녀는 오히려 쾌락이라도 느끼는 듯한 그런 표정을 짓고 있었다. 신음 소리도 고통은커녕 음란하기 그지없었다.

'새디스트냐?'

이런 경우는 유빈 역시도 처음이었기에 한순간이나마 흐트러질 수밖에 없었다.

"호호호! 자기 너무 순진한 거 아니야?"

퍽!

그 순간 그녀는 기습적으로 유빈을 발로 차 그의 손아귀에서 벗어났다.

마음이 흐트러져 있었으니 육감이 제대로 발휘될 리가 없었다.

"호호호, 자기 조심해. 방심하는 사이에 물리는 수가 있거든."

스슥!

금발의 여자 뱀파이어의 몸이 안개 속으로 스며들며 사라졌다. 기운을 느끼려 했으나 숲 전체가 뭔가에 의해 비호를 받는 듯 유빈의 감각권을 흐트러뜨렸다.

'날 방해하고 있다. 뭔가가······.'

뱀파이어라는 존재를 너무 가볍게 봤다는 사실을 인정해야만 했다. 숲의 안개나 음산한 기운들은 뱀파이어를 보호하고 있었다. 생사경의 경지에 오른 유빈의 감각권마저 흐려지게 할 만큼 말이다. 물론 그가 대자연의 기운을 일으키거나 내공을 좀 더 끌어올린다면 그녀를 찾아내는 데 별다른 무리가 없겠지만, 이곳에서 노닥거릴 시간이 없었다.

'세명이와 훼일리스가 살아 있는지 확인해야 해.'

비공정에서 떨어졌을 때 화상으로 인해 정신을 잃은 후 이 안개의 숲 안에서 폐인이 된 채 열흘을 넘게 보냈기에 세명들의 안위를 모르는 상태였다.

'뱀파이어들 따위에 일일이 신경을 쓸 틈이 없어.'

유빈은 가던 길을 계속 재촉했다. 나무를 베어 넘기며 앞으로 나아갔다.

얼마나 그런 식으로 나아갔을까.

안개가 조금씩 걷히고 있다는 느낌을 받았다.

'이제 얼마 남지 않았다.'

안개가 옅어져 간다는 것은 숲의 외곽 지역쯤에 도달했다는 의미였다. 얼마 안 가선 빠져나갈 수 있을 듯했다.

거의 다 왔다는 생각에 걸음의 속도를 높이던 유빈은,

쿵!

"큭!"

뭔가에 부딪쳐 뒤로 넘어질 뻔했다.

분명 앞에는 아무것도 없었는데 부딪쳤다. 그리고 그것에 튕겨 나가 넘어질 뻔했을 정도였다.

"이… 게 뭐지?"

눈앞에 보이지 않는 투명한 막 같은 것이 존재했다.

웅웅!

투명한 막에 손을 대자 그것은 앞으로 나가는 것을 절대로 허락지 않는 듯 유빈의 몸을 또다시 뒤로 튕겨냈다.

"뱀파이어 놈들이 뭔가 수작을 부린 건가."

이곳에서 이런 유치한 방법을 펼칠 수 있는 존재들은 바로 뱀파이어들뿐이다.

"지나갈 수 없게 해놨다면 뚫을 수밖에!"

우우웅!

유빈의 손에 푸른 빛이 감돌았다. 장력을 끌어내 투명한 막을 뚫을 생각이었다.

퉁!

4성의 내력을 끌어낸 장법이었건만 오히려 유빈의 몸이 튕겨 나가고 말았다. 앞의 투명한 막은 장력에 깃들은 공력을 그대로 흡수해 버렸다.

'장력으로도 뚫을 수 없다니……!'

유빈의 4성 내력이라면 5갑자 정도에 해당하는 공력이었다.

그런 공력이 실린 장력을 흡수한 것도 모자라 튕겨낸 것이다. 신중할 필요가 있었다.

"장력이 안 된다면 경력이다!"

유빈은 진각을 밟으며 손바닥으로 경력을 일으켜 투명한 막을 향해 뻗었다. 이것을 무림에서는 발경이라고 부른다.

퉁!

"뭐, 뭐야? 겨, 경력도 튕겨내?"

설마 경력마저 튕겨낼 거라고는 생각지 못한 유빈이었기에 이 상황이 당황스럽기만 했다.

"단순히 견고함만을 지닌 것이 아니라 상대방의 힘을 흡수해 역으로 튕겨내는 건가?"

경력이 막에 부딪치는 순간 막에 흡수되면서 역으로 유빈 자신이 튕겨 나가는 것을 보아선 분명히 그런 기능을 지닌 듯했다.

"이화접목과 비슷한 이치로군."

그러나 이 투명한 막은 이화접목보다 한 수 위였다. 천하의 유빈을 세 번씩이나 튕겨낼 존재가 과연 몇이나 존재할까.

"베어버리는 편이 낫겠어."

검기마저 튕겨낸다면 문제가 있겠지만, 유빈은 그럴 일은 없다고 확신했다.

무림 역사상 검의 최고 경지에 이른 유빈이었다. 그의 검기는 다른 검객의 검강보다도 훨씬 날카로우면서 강했다.

위잉!

유빈의 손에서 푸른 빛의 검기가 일어났다.

실전에서는 무형의 검기가 훨씬 효용성이 높지만, 단순하게 날카로움과 파괴력을 친다면 유형화된 검기가 더욱 위력적이다.

"하압!"

스슥!

"멈춰주십쇼!"

검기를 날리려 짧은 기합마저 넣는 그의 앞을 누군가가 나타나 가로막았다.

"가만히 내버려 두었더니, 결국 내 일에 참견하는군."

유빈의 앞을 가로막은 자는 바로 오두막에서 만났었던 그 흑의의 뱀파이어였다. 그가 정신을 차리고 미행하고 있다는 것이야 한참 전에 눈치채고 있었지만, 그 꿍꿍이가 궁금해 가만히 내버려 두고 있었던 것이다.

"죽고 싶은 거냐?"

"뱀파이어 퀸이 당신을 뵙고 싶어하십니다."

"난 별로 보고 싶지 않은데, 어쩌지?"

유빈의 얼굴은 싸늘하기 그지없었다. 한마디만 더 걸면 베어버릴 듯한 기세마저 보이고 있었다. 하지만 흑의의 뱀파이어 역시도 준비해 둔 것이 있었다.

"뛰어난 검사라면 훨씬 강한 강자를 찾는다고 들었습니다."

"……?"

한마디만 더 하면 그의 목을 베어버리려 했지만 강자라는 말에 유빈은 잠시 호승심이 일었다.

상대를 만만하게 보다가 그런 중상까지 입어놓고는 또다시 강자라는 말에 혹하는 것을 보면 유빈은 뿌리까지 무림인이라고 할 만했다.

"우리 일족은 인간들보다 더 오랜 삶을 살아가고, 재능도 더욱 뛰어나기 때문에 강자들이 많습니다."

"그걸 어떻게 믿지?"

"실망하지 않을 겁니다."

유빈은 잠시 동안 아무 말 없이 흑의의 뱀파이어의 눈을 쳐다보았다. 심안으로 본다면 상대가 본심을 얘기하고 있는지, 거짓을 말하는지 알 수 있다.

'거짓말은 아닌 듯한데…….'

흑의의 뱀파이어의 눈빛에서는 한 치의 거짓도 보이지 않았다.

"날이 저물기 전까지 도착해야 합니다."

"간다는 말은 아직 하지 않았다, 뱀파이어."

"카우젠."

"뭐?"

"제 이름은 뱀파이어가 아니라 카우젠입니다."

총체적인 단어인 뱀파이어라고 부르는 것이 불만이었는지, 흑의의 뱀파이어는 자신의 본명을 밝혔다.

처음에는 카우젠을 건방지다고 생각하던 유빈이었지만, 물러남이 없고 사내다우면서도 예의에 벗어나지 않는 모습에 호감이 갔다.

'의외로 괜찮은 녀석이로군.'

"카우젠이라고 했나?"

"네."

"좋아. 자네 말을 믿고 한번 가보도록 하지."

유빈은 내심 못 이기는 척하고 한 번 따라가 보기로 결심했다. 아무래도 강자가 있다는 말이 마음에 걸렸기 때문이다.

                    *   *   *

안개의 숲의 초입 부근이었다.

흑색 망토에 백색 가면을 쓴 음산한 기운을 내뿜는 사내가 있었으니, 바로 흑월이었다. 그 뒤로는 이십 명 정도 되어 보이는 존재들이 그와 비슷한 복장을 한 채 서 있었다. 그들 중에서 몇몇은 눈에 익은 얼굴들이었다.

"대장, 꼭 이곳까지 뒤져야겠습니까?"

"놈의 수급을 가져가야 한다."

"하지만 그렇게 심하게 부상당한 것도 모자라 그 높이에서 떨어졌는데 살아 있을 수 있겠습니까?"

그들은 바로 흑월과 같은 데이워커들이었다. 전보다 훨씬 많은 수의 데이워커를 데려온 이유가 무엇일까?

이곳 안개의 숲은 데이워커들에게는 고향이면서도 다시는 오고 싶지 않은 곳이기도 했다. 혼혈이니, 잡종이니 하면서 고통의 나날을 보내야 했던 곳이었기 때문이다.

"나도 이곳에 다시는 오기 싫었다."

"뱀파이어들과 마찰이 있을 수도 있습니다."

"맞아요. 예전부터 놈들은 우리를 싫어하지 않았습니까?"

그만큼 뱀파이어들은 혼혈인 자신들을 너무도 싫어했다. 그들을 미워하는 이유는 너무도 간단했다.

순혈의 뱀파이어인 자신들은 햇빛을 두려워해야 하는데, 혼혈인 데이워커들은 그것을 극복했다. 그것의 부러움이 점차 미움으로 변질된 것이었다.

"우리의 목적은 놈의 시신을 찾는 것이다. 뱀파이어 놈들은 신경 쓰지 않는다."

흑월의 태도는 강경했다. 흰 가면 속의 그가 무슨 생각을 하고 있는지는 아무도 알 수가 없었다.

흑월을 비롯한 이십여 명의 데이워커는 안개의 숲으로 들어갔다.

"안개가 짙은데 길을 잘 아는군."

"어렸을 때부터 자라온 곳입니다. 안개의 숲 길은 다 외우고 있지요."

아무리 미로와 같은 곳이라도 살아온 집이라면 얘기가 다르다. 놀이터로 여기고 이곳저곳을 돌아다니다 보면 점차 눈에 보이지 않는 길에 익숙해져 자신도 모르게 외우게 되는 것이다.

"하아……."

"왜 그러십니까?"

갑자기 유빈이 영문 모를 한숨을 내뱉자 그 이유가 궁금해진 카우젠이 물었다.

"쥐새끼를 발견했거든."

"쥐새끼?"

육감의 발달로 인해 예감이 뛰어나진 유빈이었다. 단순히 예측하는 그런 능력이 아닌, 상대방의 움직임을 정확하게 파악해 내는 능력이었다.

"거긴가?"

스슥!

찰나의 순간 유빈의 모습이 흐릿해지며 사라져 버렸다.

카우젠은 속으로 감탄했다. 웬만한 뱀파이어들보다 실력이 있다고 자부하는 그였지만, 유빈의 신형은 도저히 육안으로 따라잡을 수가 없었다.

쿵!

아주 가까운 곳에서 유빈의 모습이 드러났다.

그의 손에는 누군가가 잡혀 있었다.

매혹적인 금발의 뱀파이어였다. 그녀는 자신이 경고했던 대로 유빈의 뒤를 밟으며 졸졸 따라왔던 것이다. 하지만 무슨 이유에서인지는 몰라도 아주 약간의 틈을 보이는 순간 유빈이 그녀의 위치를 파악했던 것이다.

"호호호, 자기 어떻게 날 찾은 거야?"

"더 이상의 은신은 통하지 않는다."

굳이 찾으려 하지 않아도 절로 그녀의 움직임이 포착되었다. 말 그대로 그냥 느껴졌다는 뜻이다.

"이상해. 갈수록 자기를 보면 인간이 아닌 것 같아. 마치……."

그녀는 그 뒷말을 이을 수가 없었다. 유빈의 뒤에 서 있는 카우젠과 눈을 마주쳤기 때문이다.

"레니아 파우스트."

"아앗! 카, 카우젠님!"

유빈을 쫓는 데만 정신이 팔려 미처 카우젠을 신경 쓰지 못한 그녀였다.

"성인식 때문에 한창 바쁠 네가 어째서 이곳에 있는 게냐?"

순혈의 뱀파이어들은 각성하기 전까지 성장하기 때문에 일정한 나이에 성인식을 함으로써 자라는 것을 멈추게 된다. 그래서 성인식은 뱀파이어들에겐 매우 중요한 일이었다.

"그, 그게……."

차마 우연히 만나게 된 유빈에게 호기심을 느껴 쫓아다녔다는 말은 할 수가 없었다. 스스로를 한심한 뱀파이어로 만드는 말이었기 때문이다.

"쓸데없는 호기심이겠지."

"제가 봐도 그런 것 같군요."

'이 인간이!!'

순식간에 정곡을 찔린 것도 모자라 카우젠마저 유빈의 말에 동의하는 듯 고개를 끄덕이자 그녀로서는 부끄럽고 황당할 따름이었다.

탁!

카우젠을 의식한 유빈은 그녀의 뒷덜미를 잡고 있던 손을 놓아버렸다.

만약 그가 없었더라면 그녀를 잡기보다는 곧바로 죽였을 것이다.

'재미있군.'

단순히 흡혈귀에 불과하다고 생각했던 그들의 행동에서 인간미와 친숙함을 느껴졌다. 말 그대로 피를 주식으로 삼을 뿐이지, 인간과 전혀 다를 바가 없는 존재들로 느껴졌다.

'그래도 어떤 식으로든 인간에게 해를 끼치는 건 사실이지.'

"베름실리아로 갈 것이니 너도 따라오너라. 여기저기 돌아다니지 말고."

둘 다 나이 차가 별로 없어 보이는데, 한 사람은 존댓말을 쓰고 한 사람은 연장자의 어투를 쓰니 어색하기 짝이 없었다.

"으으음, 알겠습니다."

"숲이 생각보다 넓군. 언제쯤이면 도착하겠는가?"

안개의 숲은 생각보다 훨씬 넓었다. 안으로 들어가면 갈수록 안개가 짙어진다는 느낌과 음산한 기운이 한층 더 높아진다는 사실을 본능적으로 느낄 수 있었다.

"거의 다 왔습니다."

갈수록 오지에 가까워지는 듯한 느낌이었는데, 거의 다 왔다니 도대체 무슨 의미로 그런 말을 하는 건지 궁금했다.

다시 얼마쯤 갔을까?

"다 왔습니다."

휘이잉~

"…지금 나와 농담 따먹기 하나?"

앞에는 사람이 산다는 흔적은커녕 아무것도 없었다. 단지 온통 칡넝

쿨로 둘러싸인 집채만한 바위들만 시방에 널려 있었다.

"보이는 것만이 다가 아니랍니다."

보이는 것만이 다가 아니라는 말은 유빈이 과거에 제자들에게 자주 하던 말이다. 하지만 그것은 무공을 가르치거나 상대를 파악할 때 하는 말이었고, 이건 상황이 전혀 달랐다.

"보십쇼."

카우젠이 집채만한 바위들 중 한 곳으로 다가가더니 손을 뻗었다.

쑤욱!

신기하게도 카우젠의 팔이 바위 안으로 쑤욱 들어가는 것이 아닌가.

'허상?'

저 바위가 허상이라는 것밖에는 말이 되지 않는다. 하지만 심안을 지닌 유빈에게는 허상으로 느껴지지 않았다.

"저 바위는 허상인가?"

"호호호. 자기, 그게 아니야. 저건 진짜야."

"직접 확인해 보면 알 수 있겠지."

카우젠도 직접 확인시켜 줬으니 자신이라고 저 바위에 들어가지지 않을 리가 없었다. 유빈 역시도 그 바위 쪽으로 걸어갔다.

"여긴가?"

"허상으로 보이십니까?"

"솔직히 그래."

"이곳을 처음 보는 이들은 대개 그렇게 보죠."

"그렇다면 이게 들어가는 입구인가?"

"그렇습니다."

심안은 상대의 본질적인 기운을 느낄 수 있다. 유빈은 다시 한 번 바위를 훑어보았지만 바위는 여전히 보통의 바위일 뿐이었다.

"좋아, 한번 가보도록 하지."

유빈은 바위를 향해 발걸음을 내딛었다.

'왠지 부딪칠 것 같다.'

꼭 불길한 예감은 항상 적중한다고 했던가.

쿵!

유빈의 몸은 바위에 부딪쳤다. 절대로 허상 따위가 아니었다.

"아, 정말이었군요."

"젠장! 뭐가 정말이란 말이지? 지금 날 가지고 노는 게냐?"

이 나이가 되어서 쪽팔리게 남이 보는 앞에서 바위에 정면으로 부딪치는 바보스러운 짓을 했으니 무안할 만도 했다.

더군다나 순간적인 충동으로 카우젠의 목을 움켜잡을 뻔했다.

"퀸의 피를 완전히 억눌렀군요."

"그건 또 무슨 말이냐?"

카우젠은 믿기지 않는다는 표정으로 유빈을 바라보고 있었다. 반면 레니아는 유빈이 멀쩡한 바위를 통과하려다 부딪치는 것을 보곤 키킥거리며 웃어댔다.

"이 바위는 퀸의 안배로 만들어진 것으로, 저희 일족들만이 들어갈 수 있도록 되어 있습니다. 다른 종족들에겐 단순히 바위덩어리에 불과하죠."

"바위가 꽤 크긴 한데 말이야, 이 바위 속에 뱀파이어들이 산다는 말이 네놈이 보기에는 믿을 만한 말로 들리느냐?"

미리 자신에게 그런 얘기를 하지 않았다는 것에 대해 유빈은 많이 화가 나 있었다.

"이 바위는 퀸께서 만든 아공간 게이트일 뿐입니다."

"아공간 게이트?"

"퀸께서 일족들을 보호하기 위해 거대한 아공간을 만들어놓으셨지요. 진정한 베름실리아는 그곳입니다."

"네 말대로 한다면, 난 이곳에 들어갈 수 없다. 그런데 어떻게 퀸과 뱀파이어 일족의 강자들을 만난다는 거지? 그들이 나를 위해서 마중이라도 나온다고 하더냐?"

뱀파이어 일족이 아닌 유빈이 아공간 게이트를 통과할 수 없다는 것을 알면서도 굳이 이곳에 자신을 데려온 카우젠을 의심할 수밖에 없었다.

"아닙니다."

"더 이상 나를 기만하는 행위를 했다간 네놈을 죽이겠다."

고오오오!

숲 전체가 떨릴 만큼 강렬한 살기가 요동치고 있었다. 보통의 인간들조차 잘 믿지 않는 유빈이 이곳까지 따라온 것은 카우젠의 진실된 눈빛을 믿었기 때문이다.

"이제 곧 해가 저뭅니다."

카우젠이 하늘을 쳐다보며 말했다. 아까 전부터 해가 저무는 것을 굉장히 신경 쓰고 있었다.

"날 기만하는 행위는 하지 말라고 했을…… 커헉!"

두근두근!

갑자기 심장이 요동치기 시작했다.

"이, 이게 무슨… 크윽."

심장에서부터 시작된 요동은 몸 전체로 퍼져 나가기 시작했다. 온몸의 피가 갑자기 식어버리는 듯이 느껴졌다.

부들부들!

차가워진 그의 몸이 매우 급속하게 변해가고 있었다.

"카, 카우젠님! 저 인간이 대체 왜 저러는 거죠?"

"억누른 힘이 해가 지면서 폭주하기 시작한 거다."

"억누르다니… 도대체 무슨 말씀을 하시는 건가요?"

"곧 알게 될 거다."

내력으로 억제해 놓은 극음의 피가 갑자기 들끓기 시작했다. 마치 제 세상이라도 만난 듯 유빈의 몸 안을 활개 치며 돌아다녔다. 막기 위해 전신의 내력을 끌어올렸지만 더 이상 그것을 막기엔 무리가 있었다.

"크으윽!"

고통의 신음을 흘리며 유빈은 바닥을 향해 고개를 푹 숙였다.

스르륵!

은발의 머리카락이 순식간에 붉게 변해 버렸다.

우드득!

뼈의 골격이 끊임없이 변화하기 시작했다.

본래 건장한 청년의 체구를 지닌 유빈의 몸이 골격이 변하면서 어깨가 좁아지며 키가 줄어들었다. 허리도 가느다랗게 변했다.

"무… 상… 검… 도!"

극음의 피가 계속해서 몸의 변화를 가져오자 더 이상 그것을 허용치 않겠다는 듯 유빈은 최후의 수단을 꺼내들었다.

무림에서 유빈을 최고라는 칭호를 얻게 한 절세의 검법, 무상검도의 기운을 일으키자 제 마음대로 활개 치며 다니던 극음의 피가 조금씩 수그러들어 갔다.

'완전히 지배당하는 것은 막았다.'

처음 유빈의 몸을 회복시켰을 때와 마찬가지로 극음의 피는 자신을 변화시키고 지배하려 들었다. 그때와 달리 내력으로 억눌렀음에도 불구하고 극음의 피가 온몸에서 활개 치며 유빈을 변화시키려 했다.

물론 그 변화의 최종 목표는 바로 뱀파이어 퀸일 것이다.

역대 사상 퀸의 모습은 절대로 변한 일이 없다고 한다. 그것은 후계 의식을 통해 새로운 퀸이 탄생한다고 하더라도 그 기억과 모습을 그대로 물려받는다는 의미이기도 했다.

다행히 완전히 변화하는 것을 막아냈다.

스윽!

피로 인한 고통이 멈춰지자 유빈은 고개를 들어올렸다.

"아아……."

카우젠과 레니아는 그런 유빈의 모습을 보며 뭔가 알 수 없는 신음을 흘리더니 둘 다 땅바닥에 무릎을 꿇으며 부복하는 것이 아닌가.

눈뿐만이 아니라 머리카락마저 붉게 변했다. 더구나 유빈 본인은 모르고 있었지만 그의 얼굴은 말로 형용키 힘든 아름다운 여자의 얼굴로 변해 있었다.

백옥 같은 피부에 아름다운 얼굴 선, 촉촉이 젖은 눈망울과 오똑한 코, 그리고 앵두 빛 입술이 너무나도 아름다웠다. 단지 선홍빛 눈빛이 너무나도 차갑다는 것을 제외하면 말이다.

"왜 무릎을 꿇는 거지? 에엥?"

유빈은 깜짝 놀랐다. 목소리가 평소와 전혀 다르게 나왔기 때문이다. 약간은 허스키하면서도 여성스러운 목소리였다. 하지만 무상검도로 인해 억지로 변화를 막은 덕분인지 본래의 목소리가 조금은 남아 있었다.

"설마……?"

유빈은 자신의 손을 들어 쳐다보았다.

"이건 내 손이 아니야."

손목이 가녀리면서 손가락의 마디가 얇고 매끄러운 손이었다.

"여자의 손이잖아! 서, 설마?!"

변한 자신의 모습에 경악한 유빈은 혹시나 하는 마음에 불안해하며 자신의 바지를 들춰 보았다.

"하아하아… 다행이로군."

최악의 사태는 막은 것 같았다. 좀 더 빨리 무상검도의 기운을 끌어냈더라면 더욱 빨리 막을 수도 있었겠지만 이미 늦은 상황이었다.

"카우젠, 내가 왜 이렇게 변한 거지?"

화들짝!

"또다시 피의 변화를 이겨냈단 말입니까?"

카우젠은 고개를 들고 유빈을 뚫어지게 쳐다보았다. 해가 저무는 동시에 세상의 음기가 충만해져 더 이상 극음의 피를 누르는 것이 불가능하다고 여겼다. 하지만 유빈은 그것마저도 이겨냈다.

"정말 대단하시군요. 후계 의식이 아니라고는 하나 퀸의 피를 자의로 이겨낸 경우는 처음입니다. 하지만… 우리 일족이 되신 것 같군요."

"무슨 헛소리를 지껄이는 거냐?"

그의 일족이 되었다는 것은 뱀파이어가 되었다는 말이 아닌가.

"내가 뱀파이어라도 되었다는 말이냐? 그렇다면 송곳니 같은 것도 생겨… 이건?"

혓바닥에 송곳니의 날카로운 감촉이 느껴졌다. 분명 양쪽으로 송곳니가 날카롭게 솟아 있었다.

"이제 아공간 게이트를 통과하시는 데 무리가 없을 겁니다."

카우젠의 입가에는 미소가 걸려 있었다.

"제기랄! 일단 퀸을 만나보겠지만, 네놈들 때문에 태양을 볼 수 없게 된다면 뱀파이어 일족을 전부 멸할 것이다."

"그게 가능할 거라 생각지는 않지만, 어쨌든 퀸을 만나보면 모든 의문이 풀리게 될 겁니다."

쑤욱!

카우젠이 먼저 바위를 통과해 사라져 갔다. 부복을 하고 있다 일어난 후로 레니아는 계속 유빈의 눈치를 보고 있었다.

"왜 안 들어가는 거냐?"

"정말 퀸 폐하가 아니세요?"

"난 뱀파이어 따위가 아니니까 닥치고 들어가기나 해."

"아, 알겠습니다."

그녀는 정말로 유빈에게 겁먹은 듯했다. 아까 전과 달리 존대를 하는데 눈에는 두려움으로 가득했다.

쑤욱!

레니아가 바위를 통과하자 유빈은 못마땅한 듯이 그것을 쳐다보았다.

"일단 퀸이라는 뱀파이어를 만나볼 수밖에 없겠군."

아니라고 하기에는 이미 스스로 뱀파이어가 되었다는 것이 느껴졌다. 밤이 낮처럼 밝게 보인다는 것은 분명 밤의 일족이 되었음을 뜻했다.

"이번에는 부딪치지 않겠지?"

바위로 들어가려 했던 유빈은 아까 전에 부딪쳤던 것이 마음에 걸렸는지 잠시 멈칫했다.

"젠장!"

쑤욱!

유빈이 발걸음을 내딛자 그의 몸은 가볍게 바위를 통과했다.

*   *   *

안개의 숲 중앙에 자리잡고 있는 오두막 집의 지하 연구실이었다.

"영감탱이, 세상이 달라 보이지 않아?"

녹색 머리의 하프 뱀파이어 레진이었다. 그는 분명히 팔이 잘린 노인을 향해 이성을 잃고 달려들었다. 그런데 그가 지금 말을 걸고 있는 상대는 과연 누구란 말인가? 죽은 노인을 향해 말을 거는 것일까?

"네놈에게 고맙다고 해야 할지, 아니면 원수로 여겨야 할지 모르겠다."

분명 이 목소리는 연금술사 노인의 것이었다.

"팔이 잘려 죽는 것보단 낫지 않아?"

"뱀파이어가 되었으니 이미 죽은 인간이나 마찬가지지."

천장이 뚫리면서 지하실 벽에 있는 횃불이 살며시 들어오는 바람에 흔들리고 있었다.

횃불의 음영이 교차하며 노인의 얼굴이 드러났다. 그의 왼쪽 목에는 송곳니 자국이 드러나 있었다. 얼굴이 창백하긴 했지만 꽤 건강해 보였다.

"쳇, 구해준 걸 전혀 고마워하지 않는군."

"그래, 고맙다, 고맙구나."

그랬던 것이다. 노인을 향해 이성을 잃고 달려든 것은 절대로 피의 광기를 이기지 못해서가 아니었다. 이미 노인이 만든 혈청을 먹은 레진이기에 광기에 휘둘리지 않았다. 그러나 출혈이 심해 더 이상 노인을 살릴 방법이 없자, 그의 피를 빨아먹은 후 자신의 피를 먹였던 것이다.

물론 단순히 피를 먹이거나 문 것만으로도 뱀파이어 바이러스에 감염되지만, 그렇게 해서 만들어진 존재는 저그 혹은 구울이 되고 만다.

"혹시 몰라서 혈청을 몇 개 가지고 있던 것이 다행이구나."

혈청을 먹지 않았더라면 하프 뱀파이어가 되었다고 하더라도 영혼이 없어 이성을 잃고 말았을 것이다.

혈청의 기능은 피의 광기만을 막아주는 것이 아니라 이성을 잃지 않게 해준다.

"오두막을 수리해야겠구나."

뚫린 천장을 보며 노인이 허탈한 듯이 말했다.

오싹!

뱀파이어가 되면서 그의 감각이 매우 예민해졌다. 그 증거일까, 갑자기 온몸이 부들부들 떨려왔다. 두려움이라는 감정이 그의 몸과 마음을 사로잡고 있었다.

탁!

음산하면서 검은 기운으로 가득한 존재가 지하실에 들어와 있었다.

검은색 망토에 백색 가면을 쓰고 있는 존재.

"누, 누구야?"

이제야 누군가 지하실로 들어왔다는 것을 눈치챈 레진이 말을 더듬으며 소리쳤다. 백색 가면에는 외눈이 있었는데, 그 사이로 느껴지는 눈빛이 그를 사로잡았다.

"…여기에 있었군."

듣는 사람으로 하여금 섬뜩하게 만드는 음산한 목소리.

"다, 당신은 도대체 누구요? 왜 남의 집에 함부로……."

콱!

"커컥!"

백색 가면의 사내는 단숨에 노인의 목을 움켜쥔 채 땅에 발이 닿지 않을 정도로 노인을 들어올렸다. 노인의 눈이 붉게 충혈되었다.

"놈을 어디로 빼돌렸지?"

"커컥!"

목이 붙잡혀 있으니 대답을 할 수 있을 리가 만무했다.

'이 손을 놓아야 대답을 하든지 하지. 케켁.'

다행히 노인은 뱀파이어가 된 덕분에 숨을 쉬지 않는다고 해서 죽지는 않았다.

"당장 그 손 놓지 못해!!"

겁이 나긴 했지만 그래도 의리가 있는 하프 뱀파이어 레진은 백색 가면의 사내에게 달려들었다. 뱀파이어라면 누구라도 할 수 있는 칼날과도 같은 손톱을 빼 들고 사내에게 찔러들었다.

촤악!

"크아악!"

쇄아아!

용기는 좋았지만 상대를 잘못 골랐다. 레진은 실컷 실험만 당하다가 끝에 와서는 가슴에 말뚝이 박혀 재가 되고 말았다. 정말 불쌍한 뱀파이어였다.

백색 가면의 사내의 손에는 나무 말뚝이 들려 있었다. 물리력만으로는 뱀파이어를 절대로 죽일 수가 없다. 목을 베지 않는 이상 말이다.

은으로 만든 무기가 효용이 있긴 하지만, 가장 간단한 방법은 나무로 만든 말뚝을 가슴에 박는 것이었다.

"놈은 어디로 갔지?"

"켁켁!"

노인이 있는 힘을 다해 손가락으로 자신의 목을 가리켰다.

그제야 백색 가면의 사내는 그 뜻을 알아차린 듯 움켜쥐고 있던 손에서 힘을 풀었다.

탁!

"콜록콜록! 하아, 하아……."

"말해라. 놈은 어디로 갔지?"

"하아, 혹시… 그놈이라는 자가 은발의 사내를 말하는 것이오?"

은발의 사내라는 말을 듣는 순간 백색 가면의 사내가 흠칫 하며 놀랐다.

'역시 살아 있었군.'

"그렇다."

"그자는 아마도 베름실리아에 있을 거요."

멋대로 자신의 팔을 자르고 나간 그자의 뒤를 카우젠이 따라나서는 것을 두 눈으로 확인했기에, 지금쯤 베름실리아에 가 있을 확률이 높았다. 카우젠이라면 분명히 유빈을 어떤 식으로든 꼬드겨 그곳으로 데려갔을 것이다.

"베름… 실리아?"

"그, 그곳을 모른다면 데려다 줄 수 있소. 대신 살려만……."

콱!

"커, 컥! 왜… 왜……?"

"베름실리아로 가는 길은 나 역시도 안다. 그곳은……."

백색 가면의 사내가 흘린 뒷말을 들은 노인은 억울한 듯 눈을 감지 못했다.

콰직!

사내가 손에 힘을 더 주자 노인의 목은 육신에서 떨어져 나가고 말았다.

쇄아아!

뱀파이어는 죽는 그 즉시 재로 변해 버린다. 뱀파이어가 된 지 얼마 되지 않았지만 노인 역시도 뱀파이어였다.

죽은 노인의 재 가루가 지하 실험실에 흩날렸다.

백색 가면의 존재, 흑월은 몸을 띄어 구멍이 뻥 뚫린 천장을 이용해 밖으로 나갔다. 주위에는 스무 명 정도에 이르는 흑색 망토를 걸친 데이워커들이 있었다.

"대장, 베름실리아는 안 됩니다. 그곳에는 퀸이 있습니다."

"놈의 수급을 가지고… 가야 한다."

"다시 한 번 재고해 보심이……."

"가기 싫은 자는 억지로 데려가지 않는다."

흑월 본인도 다시는 가고 싶지 않은 곳이 바로 베름실리아였기 때문에 부하들이라고는 하나 다른 데이워커들에게 강요할 순 없었다.

흑월의 말에 그들은 잠시 망설였다. 하지만 곧 굳은 결심을 한 듯 담담하게 말했다.

"저는 대장을 따르겠습니다."

"별수없군요. 주공의 명이라니……."

"언제까지 과거를 겁낼 수는 없는 처지이니… 저도 가겠습니다."

모든 데이워커들이 그곳에 갈 것을 자청했다.

"좋다. 베름실리아에 가서 놈의 수급을 가져온다."

쇄아악!

흑월을 비롯한 그들은 순식간에 안개처럼 흩어져 사라졌다.

*　　　　*　　　　*

"이럴 수가……!"

바위라는 아공간 게이트를 통과한 유빈은 입을 다물지 못했다. 만들어진 공간이라 해봐야 조금 넓은 정도겠지라고 생각했는데, 이건 상상을 초월했다.

베름실리아는 성도 그 자체였다. 광활한 도시가 눈앞에 펼쳐지고 있었다. 도시의 끝에는 소설에서나 나올 것 같은 웅장한 성이 자리잡고 있었다.

"베름실리아에 오신 걸 환영합니다."

광활한 도시를 보며 잠시 할 말을 잃은 유빈의 귓가로 카우젠의 목소리가 들려왔다. 사실 제국의 성도나 큰 도시들을 봐왔기 때문에 그 자체는 별로 놀랍지 않았으나, 고작 바위 안에 있는 아공간에 이런 거대한 도시가 존재한다는 것이 놀라울 따름이었다.

"뱀파이어 퀸이라는 자는 신인가?"

"아닙니다. 하지만 그분의 능력은 어지간한 신에 버금가지요."

"어지간한 신?"

이실로드 대륙을 창조한 조물주는 대륙의 질서를 위해 네 명의 신을 창조했다고 한다. 네 명의 신은 각각 하늘과 땅, 그리고 바다와 지옥을 맡아 세계의 질서를 지켰다고 한다. 하지만 신이란 존재 역시도 자아가 있는지라 너무 많은 과업을 부담하기가 힘들었고, 그것을 덜어내 줄

존재들이 필요했다. 그런 과업을 부담하기 위해 신들이 만들어낸 존재
가 바로 뱀파이어 퀸과 같은 존재들이었다.

"퀸이라는 뱀파이어는 강한가?"

"그분이 안 계셨다면, 저희 일족이 멸망했다고 봐도 과언이 아니
죠."

"직접 대면해 보고 싶군."

'나의 검을 받아낼 수 있을까?

"곧 뵙게 될 겁니다."

유빈이 궁금한 것은 퀸이라는 존재가 자신의 검을 받아낼 수 있느냐
는 것이었다. 불완전한 무상검 역시도 무림에서 받아낸 고수가 없었
다.

"퀸은 저 성에 있나?"

"그렇습니다."

"빨리 가도록 하지."

자신의 변화한 모습에 대한 의문을 풀어줄 자이면서, 어지간한 신에
버금간다는 그 위대한 뱀파이어 퀸이라는 존재를 얼른 보고 싶었다.

도시를 지나치면서 유빈은 내심·이런 곳도 실제로 있을까라는 생각
을 하고 있었다.

이곳에 있는 자들은 전부 다 뱀파이어였다. 인간처럼 생긴 뱀파이어
만 존재하는 것이 아니라 마물처럼 생긴 자도 많았다.

그러나 가장 유빈을 거슬리게 하는 것은 바로 이것이었다.

투투툭!

유빈이 지나갈 때마다 모든 뱀파이어들이 무릎을 꿇고 그를 향해 고

개를 숙이는 것이었다.

"도대체 왜 우릴 보면서 무릎을 꿇는 거냐? 네놈이 뱀파이어들 중에서 꽤 높은 직급에 있나 보구나."

"쿠쿡, 제가 아니라 당신을 경배하는 겁니다."

사람들의 반응이 본인에게 하는 것인 줄도 몰라 신경질을 내는 모습에 레니아가 키킥거리며 웃었다.

"그게 무슨 소리지? 생전 처음 보는 내게 왜 경배를 해?"

"지금 당신의 모습은 뱀파이어 퀸입니다."

"단순히 모습만 그렇지."

"아뇨. 당신은 모르겠지만 퀸의 피는 모든 뱀파이어들을 압도합니다. 저희들이 함부로 쳐다볼 수조차 없을 정도로 말이죠."

붉은색 머리카락과 선홍빛 눈을 지닐 수 있는 존재는 오직 뱀파이어 퀸뿐이다. 무릎을 꿇고 경배를 하는 뱀파이어들의 입장에서는 그것이 매우 당연한 일이었다.

신경질적으로 반응하는 유빈의 모습에 카우젠은 뭔가 신선함을 느꼈다. 진짜 뱀파이어 퀸은 이런 식으로 감정을 드러낸 적이 없었기 때문이다.

생각해 보라, 아름다운 여성의 얼굴로 신경질적인 반응을 보이는 유빈의 모습이 얼마나 매력적인지를······.

물론 카우젠은 내색하지 않았다. 그렇지 않아도 지금의 모습에 대해 상당히 불만에 차 있는 그 앞에서 그런 반응을 보였다간 목이 베일지도 몰랐다.

일반 뱀파이어들이 사는 지역을 통과하자 작위를 가진 뱀파이어들이 사는 지역이 드러났다. 뱀파이어들의 주거 방식은 밀집형이었는데, 각자의 계급들에 맞게 모여 살고 있었다.

"레니아, 이곳부터는 작위급의 뱀파이어만이 들어갈 수 있는 곳이다."

"알고 있어요, 카우젠님."

레니아는 작위가 있는 뱀파이어가 아니라 순혈의 뱀파이어일 뿐이었다. 이 이상 앞으로 나아갈 수 없었다. 가려고 한다면 제지를 당하거나 즉결 처분을 당할 수도 있었다.

"성인식이 멀지 않으니 더 이상 밖을 돌아다니지 마라."

"치, 알았어요."

"더 이상 넌 어린 뱀파이어가 아니다. 이백 살이면 이제 자신의 앞가림 정도는 할 줄 알아야지."

'이백 살이 성인이라고?'

인간인 유빈의 입장에서 봤을 때는 어이가 없을 따름이었다. 이백 살 이전까지는 어리다는 말을 쓴다니 말이다.

'난 여기서 완전 어린애구만.'

귀족들이 모여 사는 곳답게 유빈에게 고개를 숙이는 자가 아무도 없었다. 주위에 있는 뱀파이어들 대부분이 놀랍다는 듯한 그런 눈치만 보이고 있었다.

"카우젠 경!"

그때 끝으로 갈색 머리카락을 뒤로 단정하게 묶은 훤칠하게 생긴 뱀파이어가 카우젠의 이름을 부르며 걸어왔다.

'이 녀석, 작위급의 뱀파이어였나?'

보통의 존재가 아니라고는 생각했지만, 역시 카우젠은 작위를 가진 뱀파이어였다. 사실 뱀파이어들 중에서 원로들의 명령을 받는 이는 오직 작위급의 뱀파이어들뿐이었다.

"세이란 경이 이곳까지 왜……?"

"퀸께서 마중을 나가보라 하셨습니다."

"아, 그러셨군요."

"우려하던 일이 결국 일어나고 말았군요."

세이란이라는 작위를 가진 뱀파이어가 유빈을 쳐다보며 말했다.

"카우젠, 이자는 누구지?"

단순히 쳐다보는 것을 넘어서 얼굴을 훑어본다는 느낌이 강하게 느껴지자 기분이 나빠진 유빈이 물었다. 그러자 카우젠이 대답도 하기 전에 세이란이라는 뱀파이어가 앞으로 나서며 말했다.

"레이디, 저는 남작의 작위를 가진 세이란 페르도프라고 합니다."

"레… 이… 디?"

콱!

"커컥!"

모습이 어이없이 변해 버렸다고는 하나, 늙은이 취급도 아니고 이제는 여자로 불리기까지 하자 자제하고 있던 이성의 벽이 무너지고 말았다.

"네놈! 죽고 싶은 거냐?"

가녀린 손으로 건장한 체구의 뱀파이어의 목을 움켜잡고 들어올리는 장면은 어색해 보이긴 했으나, 정작 당하는 사람의 입장에서는 괴로울 수밖에 없었다.

"케켁!"

카우젠은 고개를 절레절레 흔들었다.

공손하기는 하지만 세이란은 경솔하게 행동했다. 적어도 자신에게 물어봤어야 했다.

"지금 당신의 모습은 퀸과 동일해 남자라고 생각할 이들은 아무도 없습니다. 그러니 실수라고 여기고 용서해 주십쇼."

가만히 내버려 뒀다가는 그대로 목을 비틀어 죽여 버릴 것만 같았기 때문에 서둘러 유빈을 진정시켜야만 했다.

하지만 한동안 쌓여 있던 것이 한 번에 폭발했으니 쉽게 화가 가라앉을 리가 없었다.

"실수? 짜증나는 실수로군."

휙!

콰당탕!

유빈은 인정사정 볼 것 없이 세이란을 내팽개치듯 던져 버렸다. 그 덕분에 세이란은 다섯 바퀴나 바닥을 뒹굴었다.

"쿨럭쿨럭! 보기보다… 세군요."

"난 뱀파이어를 그다지 좋아하지 않는다."

"하아, 모순적이군요. 지금 당신은 뱀파이어입니다. 그것도 퀸에 가까운……."

보기보다 세이란이라는 뱀파이어는 꽤 진중했다. 이 정도로 당했으면 약간이라도 화가 날 만도 할 텐데, 오히려 입가에 미소까지 머금고 있었다.

"퀸과 원로들께서 기다리고 계십니다."

몸을 어느 정도 추스렸는지 세이란이 성으로 가는 길을 안내했다.

성은 이곳에서 얼마 떨어지지 않은 곳에 있었다.

황궁 주위로 귀족들의 저택이 있듯, 뱀파이어 퀸이 머물고 있는 성의 주위로 작위급 뱀파이어들의 저택이 둘러싸고 있었다.

'성당에라도 온 듯한 분위기로구나.'

성은 중세 후기 서유럽에서나 볼 수 있는 대성당들과 비슷한 고딕 양식으로 지어져 있었다. 가장 비슷한 건물을 찾는다면 노트르담 대성당을 들 수 있을 것이다.

척!

성문에는 회백색의 제복 같은 것을 입은 네 명의 사내가 있었다. 문지기인 듯했다.

"문을 열어주게."

세이란이 앞으로 나서며 말했다. 회백색 제복의 사내들이 고개를 끄덕이고는 성문을 두드리며 큰 소리로 외쳤다.

"도착했습니다!!"

끼이이익!

기름칠을 하지 않았는지 성문을 열자 찢어질 듯한 마찰음이 들려왔다.

성문이 열리는 순간 그들은 아주 놀라운 광경을 목격하게 되었다. 성의 가장 위층에 머무르고 있는 퀸이 직접 마중을 나온 것이었다.

붉은색 머리카락과 선홍빛 눈동자에 아름다운 얼굴을 지닌 퀸이 뒤에 열 명 정도에 이르는 뱀파이어를 대동하고 서 있었다.

"오오, 이럴 수가!"

"똑같이 생겼어!"

주위에 있는 이들의 입에서 탄성이 흘러나왔다. 지금 유빈의 모습과 뱀파이어 퀸의 모습은 완전히 같았다. 다른 점이라면 퀸은 머리를 묶어 장신구로 꾸미고 주홍빛 드레스를 입고 있고, 유빈은 여행자들이 입는 간편한 옷을 입고 있다는 것뿐이었다. 그것은 하프 뱀파이어 레진에게 받은 옷이었다.

두근두근!

뱀파이어 퀸과 마주친 유빈은 또다시 심장이 요동치는 것을 느꼈다.

그의 혈관을 타고 흐르는 극음의 피는 뱀파이어 퀸의 것이다. 그 본인을 직접 대면하게 되자 피가 더욱 심하게 요동을 치고 있었다.

'무상검도.'

요동치는 피의 기운을 무상검도의 기운을 끌어내 억눌렀다.

"대단하군요. 본신의 힘으로 제 피를 누르다니……."

가만히 유빈과 눈을 마주치고 있던 뱀파이어 퀸이 말문을 열었다. 그녀의 목소리를 은쟁반에 옥구슬이 구르듯 부드럽고 고왔다. 반면,

"당신이 뱀파이어 퀸이오?"

퀸의 목소리와 비슷하긴 하지만, 유빈의 목소리는 약간 허스키했다.

"네. 일단 성안으로 들어가서 얘기하도록 하죠."

뱀파이어 퀸의 분위기는 좌중을 압도하고 있었다. 부드럽고 고운 목소리였지만 날카로우면서도 상대방을 누르는 힘이 있었다.

'목소리에 원기가 가득해.'

목소리에서 느껴지는 내기만으로 상대방의 감정에 파문을 일으킬

만큼 대단했다.

　성안에는 이상하게도 수많은 조각상들이 가득했다.

　"퀸께서 직접 만드신 거죠."

　조각상을 보며 의아해하는 유빈의 귀로 카우젠이 조용한 목소리로 가르쳐 주었다.

　'조각상을 깎는 게 취미인가 보군.'

　조각상은 깎은 이의 마음을 대변한다.

　부드러우면서 잘 깎여진 조각상들은 매우 생동감이 있었다.

　'뱀파이어 주제에 생검의 묘리를 깨닫고 있다니…….'

　조각상을 보면서 유빈은 뱀파이어 퀸이 생검의 묘리를 깨달았다는 것을 알 수 있었다. 만류귀종이라 했던가. 모든 도는 최후에서는 하나의 길로 통한다.

　뱀파이어 퀸을 따라간 곳은 성의 응접실이었다.

　"모두 앉으세요."

　응접실의 중간에는 가장 화려한 좌석이 놓여 있었는데, 그곳은 당연히 퀸의 차지였다. 그리고 양옆으로 배치되어 있는 의자로 세이란과 카우젠을 비롯한 열두 명의 뱀파이어가 앉았다.

　그 둘을 제외한 다른 뱀파이어들은 연령층이 가장 각색이었다.

　열 명의 뱀파이어는 분명히 원로들일 텐데, 그런 것치고는 너무도 독특했다.

　여덟 살쯤 되어 보이는 귀여운 계집아이.

　몸을 잘 가꾸었는지 온몸이 근육으로 가득한 중년인.

　창부로 보일 만큼 요염한 여자.

긴 흑발에 한 손에는 검을 든 채 눈을 감고 있는 청년.

온몸이 문신으로 가득한 독특한 분위기의 남자.

머리를 양 갈래로 딴 학구적이게 생긴 소녀.

닭 벼슬 같은 머리에 뭔가를 질겅질겅 씹고 있는 소년.

흑월과 같이 거대한 클레이모어를 등 뒤로 차고 있는 백발의 여자.

마지막으로 두 명은 노인이었는데, 그나마 가장 원로처럼 보이는 자들이었다.

세이란과 카우젠은 양쪽 의자의 마지막 석에 앉았다. 아무래도 원로들에 비해 작위가 낮아서일 것이다.

유빈이 앉을 곳은 양쪽으로 배치된 의자들 사이이면서 뱀파이어 퀸을 마주 보고 있는 자리였다.

어떻게 본다면 유빈에게 매우 불리한 위치의 자리였다. 이런 위치는 쉽게 제압당할 수 있는 자리였다. 적들이 둘러싸여 있는 자리, 누구라도 거절해야만 하는 자리였다.

'과연 어떤 반응을 보일까?'

양쪽에 앉아 있는 원로들은 궁금했다. 그들은 서로 자신들의 기운을 어느 정도 개방시켜 놓고 있는 상태였기 때문에 어지간한 뱀파이어들은 그들 가까이로 오지도 못할 그런 분위기였다.

탁!

그러나 유빈은 조금의 망설임도 없이 자연스럽게 그 자리에 앉았다.

'호오?'

'망설임조차 없다니…….'

'제법이로군.'

겉으로는 전혀 내색하지 않고 있었지만 원로 모두가 생각 외로 대담한 유빈에게 감탄을 했다. 그들이 내뿜는 압박은 인간들 중의 강자인 소드 마스터나 그랜드 소드 마스터라도 견디지 못할 정도였다. 그러니 놀랄 만도 했다.

'내 기세를 꺾으려 들다니… 재미있는 놈들이군. 십 년 만인가?'

"마음에 들어."

유빈이 작은 목소리로 중얼거렸다.

"무슨 말을 하는 거지?"

우측 좌석에 앉아 있던 여덟 살 정도 되어 보이는 계집아이가 물었다. 다른 원로들 역시도 유빈의 알 수 없는 의미의 말에 궁금해하고 있었다.

고오오오!

반박귀진, 그리고 생사경의 경지를 넘어서면서 자신의 기운을 주위로 발산한 적은 한 번도 없었지만 이들에게는 충분히 힘을 드러내도 되겠다는 생각이 들었다.

"우웃!"

"이, 이 압박감은!!"

"어떻게 이런 힘을……!"

성 전체가 흔들릴 만큼 강렬한 기가 사방으로 퍼져 나가고 있었다. 이 정도까지 강하리라 생각지 못했던 원로들이기에 당황스러울 수밖에 없었다.

촤촤촤악!

응접실의 벽이 날카로운 검기에 베인 듯 갈라졌고, 여기저기서 상흔

이 생겨났다.

검으로써 인간이 오를 수 있는 최고 경지에 오른 유빈은 단순히 자신의 기를 드러내는 것만으로도 날카로운 검기를 뿌려대는 것과 같은 효과를 보일 수 있었다.

"쿨럭!"

"우욱!"

수천 년이라는 세월을 살아온 뱀파이어 원로들과 달리 이제 막 작위급의 뱀파이어가 된 카우젠과 세이란으로서는 유빈이 내뿜는 기를 감당해 내기 힘들었다.

둘 다 심한 내상을 입었는지 결국 피를 토해냈다.

"이제 됐으니 힘을 거두세요."

원로들과 유빈 간의 기 싸움을 가만히 내버려 두고 지켜만 보던 뱀파이어 퀸이 중재에 나섰다.

유빈의 입가에는 미소가 번졌다.

원로격의 뱀파이어들 중 어느 누구도 자신의 힘을 견뎌내지 못한 이들은 한 명도 없었다. 단순히 기의 압박감에 힘들어하는 이가 두셋 정도에 불과했다.

'전부 무림인으로 치면 현경에 이르는 실력들이다.'

확실히 오랜 세월을 살아와서 그런지 그들의 실력은 인간을 가볍게 능가하고 있었다.

"헉, 헉……."

그들은 유빈이 흘리는 기의 압박감을 견뎌내지 못하고 뱀파이어인 주제에 식은땀마저 흘리고 있었다.

"대단하시군요. 원로 분들을 힘들게 하신 분은 당신이 처음이에요."

단지 마음에 걸리는 것이 있다면, 뱀파이어 퀸은 전혀 힘의 영향을 받지 않았다는 것이다. 오히려 미소까지 머금으면서 말을 건네고 있으니 말이다.

'이 여자의 힘이 전혀 파악되지 않는다.'

"근 십 년 만에 내 기운을 견뎌내는 이들을 만나서 매우 기분이 좋습니다."

뱀파이어 퀸이 한 일족의 수장이면서 역사의 도표라 불릴 만큼 오랜 세월을 살아온 존재라는 것을 알고 있기에 유빈은 그녀에게 예의를 지켰다.

"제가 당신을 부른 이유를 알고 있나요?"

"모릅니다."

처음에는 강자가 많다는 말에 혹해서 왔긴 하지만, 지금의 목적은 뱀파이어가 아닌 원래의 모습으로 돌아가는 것이었다.

"그럼 당신이 이곳에 온 이유가 뭐죠?"

"당신의 피로 인해 내가 뱀파이어 상태가 되었다고 들었습니다."

"인간이고 싶어하는군요."

그녀의 말에는 인간으로 돌아가기에는 이미 늦었다는 의미를 담고 있는 것 같았다.

"난 인간이오."

유빈은 단호하게 자신을 정의 내렸다. 절대로 자신은 뱀파이어가 아니었다. 그 스스로가 이것은 일시적인 상태라고 여기고 있었다.

뱀파이어 퀸은 잠시 동안 아무 말도 하지 않고 유빈을 뚫어지게 쳐다보았다. 그녀의 선홍빛 눈동자에는 아무런 감정이 실려 있지 않았기 때문에 무슨 생각을 하는지 알 수가 없었다.

한참을 가만히 눈만 마주치고 있던 그녀가 말문을 열었다.

"다행이라고 해야 할지, 아니면 불행이라고 해야 할지 모르겠군요."

"그게 무슨 소리요?"

"제 피를 받는 이는 어떤 식으로든 잠식당해 불완전한 퀸이 되고 말죠. 하지만 당신은 본신의 힘으로 그것을 이겨냈어요."

"이겨냈다고는 하나 내 모습을 이렇게 바뀌었는데 그게 무슨 소용이오?"

무상검도의 기운으로 누르지 않았다면 완전히 잠식당했을 것이다. 그러나 너무 늦게 그 기운을 제압했기 때문에 유빈은 뱀파이어가 되고 말았고, 이미 퀸의 모습을 지니고 있었다. 단지 다른 점이 있다면, 남자라는 것과 목소리가 약간 다르다는 것이다.

"이 이상 제 피가 당신을 지배하지 못하도록 금제를 해드리겠어요."

"금제?"

"가만히 내버려 둔다면, 끊임없이 당신을 잠식시키려 들겠죠."

"금제를 가하면 그것을 막을 수 있단 말입니까?"

"네."

"내 모습을 찾을 그 외의 방법은?"

"금제를 가하면 원래 모습으로 돌아올 수 있어요."

"그게 정말입니까?"

원래 모습으로 돌아올 수 있다는 말에 유빈의 얼굴이 환한 미소를 지었다.

"크흠."

"아아……."

유빈의 얼굴이 환해지는 순간 주위에서는 알지 못할 반응들이 일어났다.

몇몇 원로들이 얼굴을 붉히며 고개를 돌리고 있었다.

'왜들 저러지?'

그 이유를 유빈이 알 리가 없었다.

모든 뱀파이어들은 퀸을 동경하고 숭상한다.

퀸은 최초의 뱀파이어라서 그럴까? 아니면 원래부터 냉혹해서일까?

감정 표현을 잘 하지 않는다. 항상 무표정한 얼굴에 그나마 하는 표현이 있다면 약간의 미소를 짓는 것뿐이었다. 그런데 유빈이 그런 퀸의 얼굴로 환한 미소를 짓는 순간 그 모습이 너무도 아름다워 얼굴을 붉히고만 것이다.

"단, 해가 떠 있을 때만입니다."

"그게 무슨 말입니까?"

"금제를 가하게 되면 극음의 피는 더 이상 활개를 치지 않겠죠. 그래서 양기가 짙은 낮에는 원래의 모습을 찾을 수 있죠."

그녀가 거는 금제는 극음의 피가 더 이상 유빈을 잠식시키려 들지 않게 하는 것이었다. 그렇게 되면 낮에는 양기가 짙어져 원래의 모습으로 돌아갈 수 있다. 하지만 다시 밤이 되면 유빈은 뱀파이어가 된다는 뜻이기도 했다.

"이것도 당신의 힘이 뛰어나기에 가능한 거랍니다. 만약 당신이 제 피를 누를 만큼의 힘이 없었다면, 영원히 햇빛을 보지 못할 겁니다."

충격적인 얘기지만 받아들여야만 했다. 그의 몸이 화상을 입지 않고 피가 있었다면, 절대로 극음의 피에 영향을 받는 일은 없었을 것이다.

아이러니하게도 낮에는 반선으로 지내다 밤에는 어둠의 일족인 뱀파이어가 되고 만 셈이었다.

"이것 말고는 원래대로 돌아올 방법이 없습니까?"

"있어요."

"뭡니까?"

"제게 저주를 내린 신에게서 그 저주를 푼다면 당신도 원래대로 돌아오겠죠."

"…방법이 없군요."

무슨 수로 신을 만나 저주를 풀어달라고 한단 말인가. 결국 억울하긴 하지만 한걸음 뒤로 물러서는 수밖에 없었다. 그 외에 방도가 없으니 말이다.

*   *   *

베름실리아로 가는 바위 게이트 앞에 흑월을 비롯한 스무 명의 데이워커가 서 있었다. 그들은 망설이고 있었다, 안으로 들어가야 말아야 할지에 대해서.

정작 게이트까지는 왔지만, 이곳을 통과하는 즉시 뱀파이어들과 마찰이 생길 것을 각오해야 했다.

예전에 이곳에 있을 때와는 비교도 되지 않을 만큼 강해진 그들이었지만, 과거의 기억이라는 것은 쉽게 떨칠 수가 없었다.

"신속하게 놈의 수급을 거둔다. 가자!"

"옙!"

혼혈이긴 하나 이들 역시도 뱀파이어였다. 게이트로 한 명씩 차례대로 몸을 날렸다.

이윽고 그들의 눈앞에 뱀파이어들의 성도, 베름실리아가 들어왔다. 수를 헤아리기 힘들 만큼 많은 수의 뱀파이어들이 거주하고 있는 곳이었다.

탁!

마지막으로 게이트를 통과한 이는 흑월이었다.

베름실리아를 보자 그의 가슴은 분노로 불타오르고 있었다.

바로 그때였다.

고오오오!

"뭐지?"

"지면이 흔들리는 건가?"

"아니야. 아, 아공간 전체가 흔들리고 있어."

아공간 전체가 약하지만 진동이 느껴질 만큼 흔들리고 있었다.

'퀸이 내뿜는 기운이 아니다. 무슨 기운이지?'

퀸이 거주하고 있는 성 쪽에서 나오는 거대한 기운에 의해 아공간 전체가 흔들리고 있었다. 그러나 흔들림은 얼마 있지 않아 가라앉았다.

'방금 그 기운은 어디서 많이 느껴본 것인데……'

언젠가 느껴봤던 기운이었다.

익숙했지만 전보다 훨씬 강렬했다. 방금 전의 그 거대한 기운이라면, 자신의 실력으로는 도저히 범접할 수 없는 그런 존재였다.

'이것에 신경 쓸 겨를 따윈 없다. 놈을 죽이는 데만 전력을 기울여야 한다.'

"베름실리아에서 놈이 있을 곳은 어디지?"

"누군가가 직접 데려갔다면, 퀸과 만나지 않았을까요?"

"힘들겠어."

어떤 식으로든 퀸과 마주칠 가능성이 높아졌다. 흑월은 최대한 자신의 감정을 추스렸다.

성을 향하는 그들의 발걸음이 빨라졌다.

"피의 흐름을 등진 자, 선홍빛 피를 가진 자, 어둠보다도 짙은 어둠을 지닌 자. 나의 피에 종속을 거둔다. 어둠에 맹세하니 피의 세례를 거둔다."

뱀파이어 퀸만이 사용할 수 있다는 피의 언령.

본래 퀸의 피를 물려받는 자는 피의 세례라 하여 후계 의식을 치르게 된다. 하지만 그녀 스스로가 피의 언령을 통해 그것을 거두고 금제를 가하면, 더 이상 퀸의 피에 잠식당하지 않는다고 한다.

유빈의 몸에 붉은 빛이 스며들었다.

"아아……."

무상검도의 기운으로 억제하고 있던 퀸의 피가 잠잠히 가라앉았다. 더 이상 그것은 유빈을 잠식시키려 하지 않았다.

"이제 됐어요. 금제를 걸었습니다."

"그렇군요."

"안타깝군요."

"뭐가 말입니까?"

"당신이 조금이라도 제 피에 잠식당했다면, 피의 세례를 해주었을지도 몰라요."

피의 세례란 다음 세대 퀸의 자리를 물려받는 것을 뜻했다. 그와 동시에 현 뱀파이어 퀸은 죽음을 맞이하게 된다.

"정신력으로 누군가에게 져본 적은 없으니 그럴 일은 없었을 거요."

"후후, 그래 보이네요."

세상의 쓴맛, 단맛을 다 맛본 유빈의 정신력은 지금에 와서는 매우 굳건해져 있었다. 어떠한 것에도 굴복하지 않을 만큼 말이다.

"당신의 부탁을 들어줬으니, 제 부탁도 들어줄 수 있을까요?"

"…부탁?"

"네, 부탁이요."

뱀파이어 퀸의 부탁이라니 그 무게가 가벼울 리 없었다. 원로들은 아무 말 없이 가만히 그들의 대화를 듣고 있을 뿐이었다. 질서 체계만큼은 확실하게 지켜지고 있었다.

"어려운 부탁만 아니라면 들어줄 수 있습니다."

"어려운 부탁은 아니에요. 단지 당신이 마음만 먹어준다면 가능한 얘기지요."

"……."

저렇게 뜸들이며 부탁을 하니 더욱 긴장되었다.

"…좋습니다. 맹세할 테니 말해 보시오."

"해가 저물었을 때는 당신은 또 다른 제가 되지요."

해가 저무는 순간 유빈은 뱀파이어가 되고 만다. 그것도 퀸의 모습으로 말이다. 모든 뱀파이어들은 퀸의 존재를 알고 숭배한다.

"저를 대신해 대륙에 있는 저희 일족들을 보살펴 주세요."

"그, 그건……."

이런 부탁을 할 것 같아서 망설였던 것이다. 뱀파이어란 존재를 딱히 싫어하거나 원망하지는 않지만 이들에게 있어 인간이란 먹이나 다름이 없었다.

"인간인 내겐 어려운 부탁이라 생각하지 않습니까?"

유빈이 인상을 찡그리며 말했다.

"당신의 입장에서는 그리 어려운 일은 아니라고 생각되는데요."

"뱀파이어들에게 있어 인간의 피가 주식이 아니오?"

"아니에요. 피는 저희에게 있어 주식이 될 수 없어요. 저희도 살아 있는 존재인 이상 먹을 것은 먹고 살아가야 해요."

"그건 금시초문이오."

분명 유빈이 알고 있기로 뱀파이어들은 피를 마셔야만 살아갈 수 있는 종족이었다. 예전에 그런 역시도 그렇게 말했었다.

"뱀파이어의 피로 인해 탄생한 하프 뱀파이어나 저그들은 피의 광기를 이겨내지 못하고 무차별적으로 사람의 피를 노리지만, 다른 뱀파이어들은 그렇지 않아요. 인간의 피를 마시지 않아도 인간들에게 같은 취급을 당하죠."

인간들에게 있어서 뱀파이어란 종족은 전부 멸해야만 하는 존재이다. 그렇기 때문에 피를 마시든 그렇지 않든 상관하지 않고 전부 죽이는 것이다.

인간은 잔인할 때 한도 끝도 없이 잔인해지는 경향이 있다. 무고한(?) 뱀파이어들이 죽어가니 그들을 보호해 달라는 말이었다.

"그렇다고 해도 난……"

"그럼 이렇게 해주세요."

"……?"

"해가 저물면 당신은 저의 분신과 마찬가지입니다. 밤에 피해를 입는 일족이 있다면 도와주세요."

"…밤에 피해를 입는 일족들만 말입니까?"

유빈은 본인도 모르게 일족이라는 단어를 사용했다. 그 스스로를 뱀파이어라고 인지했다는 의미이기도 했다.

"네."

"…그 정도라면 해줄 수 있습니다."

"보이지 않는 곳에서 고통을 겪고 있는 저희 일족들을 보호해 주세요."

"알겠습니다."

'뱀파이어가 고통을 겪는 경우가 과연 있을까?'

선천적으로 보통 뱀파이어는 성인 남성의 열 배에 해당하는 힘을 지니고 있다. 남녀를 가리지 않고 말이다. 그런 뱀파이어들이 과연 위기에 처할 일이 얼마나 있을까?

"아, 그리고 밤에 변화하는 것을 억지로 막지 말아주세요."

"그건 또 무슨 소리요?"

퀸의 영문 모를 소리에 유빈의 의아해하며 물었다.

"제 모습을 남자가 하고 있다는 것은 매우 불쾌하답니다. 그런 의미에서 일부러 금제를 걸었죠. 어떤 식으로든 해가 졌을 때의 변화는 당신의 힘으로 막을 수 없을 겁니다."

주위에 있던 원로들의 얼굴이 심할 정도로 구겨졌다. 그들은 유빈이 남자라는 사실을 전혀 모르고 있었다. 그런데 남자라는 말을 듣자 숭배해 오던 존재의 모습을 한 남자라는 생각에 울컥 기분이 나빠졌던 것이다.

흠칫!

"쥐새끼들이 들어왔군요."

"그게 무슨……?"

좌측에 앉아 있던 세이란이 자리에서 일어나 반문했다.

"누군가 성으로 접근하고 있어요."

유빈의 감각권은 반경 1㎞ 내 사람들의 움직임은 전부 포착해 낼 수 있다. 하지만 어떤 식으로 움직인다 하더라도 단순히 이곳 베름실리아의 뱀파이어란 생각에 신경을 쓰지 않고 있었다.

'성을 향해 다가오는 움직임이 적이었나? 그런데 이 느낌은 굉장히 낯익은데…….'

탁!

"제가 해결하도록 하겠습니다."

다른 뱀파이어들과 달리 의자에 앉아 말 한마디 하지 않고 눈을 감고 있던 긴 흑발의 사내가 자리에서 몸을 일으키며 처음으로 말문을 열었다.

"알아서 하세요."

그녀의 허락이 떨어지자 긴 흑발의 사내는 오른손으로 검집을 들고는 응접실을 나갔다.

'좌수검(左手劍)?'

오른손으로 검집을 든다는 것은 왼손으로 검을 다룬다는 것을 의미했다. 무림에서조차 굉장히 드문 좌수 검사를 보게 되자 유빈은 흥미가 돋았다.

대개의 검법들은 우수검을 위주로 만들어지기 때문에 좌수검을 익힐 정도의 실력이 되려면 스스로 타고날 수밖에 없다.

"구경해도 좋겠습니까?"

"물론이에요."

"크흐흐. 간만에 에르하르의 검을 볼 수 있겠군요."

"호호. 에르하르 녀석, 한마디도 하지 않고 있다가 재미있는 건 독식하려 하네."

이들의 반응은 하나 같이 즐기는 듯했다. 원로들 모두가 구경거리라도 난 듯 히히덕거리며 자리에서 일어났다.

쿵!

성문을 열고 밖을 나가자마자 이십 명 정도 되는 흑색 망토를 쓴 존재들이 서 있는 것을 발견했다. 그 앞을 에르하르가 가로막고 있었다.

'저 녀석은?'

유빈은 흑색 망토를 쓴 놈들 중 정중앙에 서 있는 백색 가면의 사내를 발견하곤 놀랐다.

'흑월이잖아!'

뱀파이어만이 들어올 수 있다는 베름실리아로 침입한 것으로 보아 그 뒤에 있는 자들 역시도 흑월과 마찬가지인 존재들인 것 같았다.

'저 녀석도 뱀파이어가 아니었던가? 아, 그러고 보니 혼혈이라고 했었지.'

문득 유빈은 전에 훼일리스가 했던 말을 떠올렸다.

"흑월은 인간과 뱀파이어 사이에서 태어난 혼혈족이기에 뱀파이어 일족에게 쫓겨나 그들을 증오합니다."

흑월의 태도를 보아선 분명 유빈을 찾으러 온 것이 틀림없었다.

'지긋지긋한 인연이로군.'

"잡종이여, 감히 여기가 어디라고 들어오려 하는 것인가?"

에르하르는 근엄한 목소리로 그들을 다그쳤다. 원로격의 뱀파이어이다 보니 그에게서 느껴지는 기운은 장중한 태산과도 같았다.

"으득, 우린 당신에게 볼일이 없소."

아무리 좌중을 압도하는 기운이라 할지라도 잡종이라는 말은 흑월을 비롯한 데이워커들을 격분시키는 데 오히려 한 공로하고 있었다.

"볼일이 없다 해도 난 너희들을 들여보내 줄 생각 따윈 없다. 들어가고 싶다면 나를 쓰러뜨리고 들어가야 할 거다."

"으득, 우린 당신과 싸울 생각이 없소."

자존심이 얼마나 상했는지 이를 가는 소리가 유빈에게까지 들릴 만큼 흑월은 분노하고 있었다.

"…은발의 사내가 이곳에 들어왔다고 알고 있소. 그를 넘겨주시오."

"잡종이라서 그런지 머리가 돌아가지 않나?"

울컥!

조금만 더 심기를 거슬렸다간 곧바로 손에 쥐고 있는 흑색 클레이모어로 에르하르의 목을 내려칠 것만 같았다.

"은발의 사내라는 자가 우리 일족인가?"

"아니오."

"그렇다면 그자가 게이트를 통과하는 게 가능하다 생각하나?"

화가 나서 온몸을 부르르 떨고 있던 흑월이 흠칫 하며 잠시 움직임을 멈췄다. 순간적으로 뱀파이어들만을 염두하느라 그 점에 대해선 잊고 있었던 것이다.

'미처 그걸 생각하지 못하다니… 이런 멍청한!'

흑월이 자신의 실수에 대해 자괴감에 빠져 있을 때, 카우젠의 시선은 유빈에게로 향해 있었다. 변하기 전 유빈의 모습을 아는 그였기에 은발의 사내가 누구를 말하는지 알고 있었다.

흑월이 부서뜨리는 바람에 정면으로 피휘나드 린의 불꽃에 화상을 입게 된 유빈은 그에게 안 좋은 감정이 있었지만, 지금의 모습은 그다지 보이고 싶지 않았다.

'이번에는 그냥 지켜보는 편이 낫겠군.'

어차피 알아보지 못하는 상황이니 그냥 가만히 입을 다물고 있는 편이 좋을 것 같았다.

흑월을 비롯한 데이워커들은 어떻게 해야 할지 망설이고 있었다. 눈앞에 있는 자는 분명 원로급의 뱀파이어가 틀림없었다. 섣불리 행동할 수 있는 존재가 아니었다.

에르하르는 흑월이 마음을 다잡을 때까지 기다릴 생각 따윈 전혀 없었다.

"들어오는 건 쉬웠을지 모르지만, 나가는 건 네놈들 마음대로 할 수 없다."

촤악!

언제 검을 뽑은 것일까? 에르하르의 검은 좌측에 있던 한 데이워커의 몸을 가르고 있었다.

"크아악!"

방심하고 있다 피휘나드 린보다도 훨씬 빠른 공격에 당한 것이었다.

놀란 그들은 순식간에 주위로 산개했다. 모여 있다는 것 자체가 매우 불리한 상황이었다.

"똑똑한 처신이야."

부웅!

에르하르가 검을 휘두르자 강한 풍압이 일어나 데이워커들의 움직임을 방해하고 있었다.

"크윽! 몸을 마음대로 움직일 수가 없어!"

원로 뱀파이어답게 그 실력은 상상을 초월했다.

에르하르가 한 번 검을 휘두를 때마다 데이워커들이 한 명씩 죽어나가고 있었다.

촤악!

"제기랄!"

풍압을 막을 자신이 없어 빠르게 움직이며 그것을 피하는 다른 데이 워커들과 달리 그들의 대장인 흑월은 클레이모어로 그것을 가르며 조금씩 에르하르에게 다가가고 있었다.

'저놈을 죽이지 못하면 전부 죽는다.'

가만히 서서 검을 휘두르며 풍압만을 날려 보내던 에르하르는 자신을 향해 조금씩 돌진해 오고 있는 흑월을 보곤 입꼬리를 말아 올렸다.

"제법 하는군."

풍압을 가르면서 달려오는 흑월을 향해 에르하르 역시 검을 휘둘렀다.

챙!

거대한 클레이모어와 장검이 부딪치는 순간, 강한 바람이 사방으로 몰아쳤다.

투둑!

"제기랄!"

예상외로 뒤로 튕겨 나간 이는 바로 에르하르였다. 흑월의 거대한 클레이모어를 막느라 그의 장검이 부러지고 만 것이었다.

'좌수검을 보려나 싶었는데… 아쉽게 됐군.'

정작 좌수검을 볼 수 있었던 기회가 검이 깨져 버림으로써 날아가 버리자 유빈은 매우 아쉬워했다.

"흐아압!"

흑월은 그 기세를 몰아 에르하르의 목을 베어버리려 했다.

흑월의 클레이모어가 전광석화처럼 에르하르의 목을 베어내려는 그

순간, 붉은색 빛이 날아와 그의 검을 쳐내 버렸다.

휙휙!

손목에 오는 고통으로 인해 흑월은 클레이모어를 놓치고 말았다.

"제기랄!"

픽!

"크윽!"

흑월은 재빠르게 에르하르를 발로 차 그 힘을 이용해 공중제비를 돌며 허공으로 날아가는 클레이모어를 향해 몸을 날렸다.

탁!

클레이모어를 놓치는 순간 가장 불리한 상황이 된다는 것을 잘 알고 있었기에, 그로서는 에르하르를 죽이는 것보다 가장 먼저 해야 할 일이었다.

'흑월 녀석, 전보다 훨씬 강해졌다. 정말 영약이라도 처먹고 온 거 아냐?'

이곳에 오기 전 흑월은 마기를 더욱 강하게 해주는 환단을 복용하였다.

유빈은 한눈에 그가 강해졌다는 것을 알 수 있었다. 전보다도 훨씬 깊어진 내력이나 클레이모어를 더욱 능수능란하게 다루는 검술은 제법 놀라울 정도였다.

'하지만 더 대단한 건…….'

유빈의 시선은 뱀파이어 퀸에게로 향했다.

흑월의 거대한 클레이모어의 날카로운 검날이 에르하르의 목을 베어내려는 그 찰나의 순간에 그녀는 붉은 빛을 날렸다. 그것은 클레이모어의 끝부분에 맞았을 뿐인데도 불구하고 흑월의 손목이 꺾이며 검을 놓치게 만들었다.

스스스!

흑월의 거대한 클레이모어에서 검은색 기운이 풀풀 피어오르고 있었다.

유빈의 육감이 확실하다면, 흑월은 성을 향해 매우 강력한 강기를 날릴 것이다.

"하압!"

예상은 정확하게 들어맞았다. 흑월은 공중으로 높이 뛰어올랐다. 그리고는 성을 향해 흑색 강기를 날렸다.

콰쾅!

흑월이 흑색 강기를 날린 위치는 뜻밖에도 성이 아니라 지면이었다.

그 위력이 어찌나 대단했는지, 굉음과 함께 지면이 부서지면서 튕겨 오른 파편들과 먼지 때문에 눈앞의 시야가 잠깐 동안 가려졌다.

'도망갔겠군.'

일부러 이렇게 했다면 그럴 확률이 높았다.

"쥐새끼들다운 행동이군요."

퀸 역시도 그들이 도망쳤다는 것을 눈치챘다. 먼지가 수그러들자 성 앞에는 아무도 없었다. 짧은 시간이었지만 그들 정도면 충분히 피할 수 있는 시간이었다.

"죄송합니다. 놓치고 말았습니다."

에르하르가 퀸의 앞으로 다가와 무릎을 꿇으며 사죄하였다.

"아뇨, 됐어요. 검이 부러지지만 않았어도 이런 일은 없었겠죠."

흑월이 빠져나갈 수 있었던 것은 어떻게 보면 천운이라고 할 수 있었다. 적어도 에르하르의 장검이 허무하게 부러지지만 않았더라면, 흑월들은 절대로 빠져나가지 못했을 것이다.

"송구스럽습니다."

흑월이 도망친 것에 대해서 퀸은 더 이상 미련이 없어 보였다.

'좌수검을 이렇게 쉽게 놓칠 수야 없지.'

"에르하르라고 하였소?"

무릎을 꿇고 있는 에르하르에게 다가온 유빈.

"…그렇습니다."

"당신의 좌수검을 구경하고 싶은데… 가능할지 모르겠소."

이래저래 돌려서 얘기하긴 했지만 쉬운 말로 한판 붙고 싶다는 말이었다.

"죄송합니다. 지금 제겐 검이 없군요."

'검의 굴레조차 벗어나지 못했다니……'

진정으로 검의 경지에 오른 자는 검이 있고 없고를 신경 쓰지 않는다.

유빈이 본신의 기운을 드러냈을 때 분명 이들은 그것을 견뎌냈었다. 그 당시에는 무림의 고수로 친다면 충분히 현경에 이를 정도의 실력일 것이라 여겼는데, 방금 전의 한마디로 그게 아니라는 것을 알 수 있었다.

원로라고 함은 가장 오랜 세월을 살아온 십 인을 뜻하는 것이었다.

"마음의 검으로 할 순 없소?"

"마음의 검?"

'역시 모르는군. 단순히 왼손잡이일 뿐이다.'

"검에 그다지 미련이 없구려."

"그게… 무슨 뜻인지……?"

정말로 알아듣지 못한 것은 아닐 것이다. 유빈이 한 말의 뜻은 검사이긴 한데, 그것을 부단하게 닦지 않았음을 훈계하는 말이었다.

유빈은 더 이상 아무런 말도 하지 않았다.

우웅!

유빈의 손에서 푸른 빛을 내는 유형의 검이 생겨났다. 검기와는 차원이 다른 경지. 심검 초입에 이른 자만이 이룰 수 있는 유형검이었다.

그제야 유빈이 했던 말들의 뜻을 알았는지 에르하르의 두 눈은 충격으로 가득 차 있었다.

'강하긴 해도 이들은 무인들이 아니다. 단지 생존을 위한, 그리고 오랜 세월을 살아왔기에 강한 것뿐이지.'

유빈이 원로 뱀파이어들에게 내린 결론은 이러했다.

강자를 만나기 위해 온 곳이었으나, 이들의 실력은 그의 기대치에 못 미치는 수준이었다. 그가 원하는 강자란 경지를 넘어선 자로, 정말로 전투에 탁월한 실력을 지닌 자였다.

"서로 간에 볼일은 끝났으니 헤어질 시간이오."

"좀 더 베름실리아에 지내서도 괜찮은데……."

"내 문제가 더 시급해서 찾아오긴 했으나, 내겐 다른 일이 있습니다."

"…그런가요? 그렇다면 어쩔 수 없군요."

유빈을 베름실리아에 좀 더 붙잡고 싶은 마음이었는지 퀸은 매우 아쉬운 듯한 목소리였다. 물론 표정에는 별다른 변화가 없어서 보는 이로 하여금 상당히 모순적이라는 느낌을 주었다.

뱀파이어의 성도 베름실리아.

그곳에 사는 뱀파이어어 역시도 인간만큼이나 복잡한 존재임은 틀림없었다.

■18장■
엘프

엘프

안개의 숲을 벗어난 대지는 따사로운 햇살의 축복을 받고 있었다.

다시는 햇빛을 보지 못할 뻔했던 유빈에게는 따사로운 햇볕이 너무나도 고마울 따름이었다. 워낙 음침한 곳에서 시간을 보낸 유빈이기에 주위를 보는 시선이 새로울 수밖에 없었다.

뱀파이어 퀸의 말대로 유빈은 해가 뜨는 순간 다시 예전의 모습으로 돌아왔다.

아주 예전의 모습이라고 할 순 없었다. 긴 은발의 훤칠한 청년은 지금 그의 나이에 맞지 않은 외모이니까 말이다.

"난감하군."

감회가 새로워져 자신의 상황을 잊고 있었다.

"도대체 여기가 어디야?"

막상 안개의 숲을 나오긴 했으나 어디로 가야 할지 몰랐다. 주위를 둘러봐도 어딘지 알 수가 없었다. 지도를 본 적이 있다곤 하나 기억하는 것이라곤 지명 정도뿐이었다.

"인근에 마을은 없나?"

혹시나 하는 마음에 경공으로 높은 곳에 올라가 주위를 둘러보았다. 운이 좋았다고 해야 할까. 다행히 안개의 숲 맞은편에 꽤 큰 마을이 자리잡고 있었다.

"저 정도 마을이면 어느 정도 소식은 알 수 있으려나?"

전 대륙을 통틀어 몇 대밖에 없다는 비공정이 부서졌으니, 적어도 살아 있는 생존자에 대한 소문 정도는 나지 않았을까 하는 게 유빈의 생각이었다.

급한 마음에 유빈은 경공을 펼쳐 마을의 입구까지 한달음에 달려왔다.

북적북적!

마을에는 생각 외로 많은 사람들이 북적거리고 있었다.

"무슨 사람들이 이렇게 많은 거지?"

딱히 마을에 무슨 행사를 하는 것도 아니었는데 이상하게 사람들이 많았다. 더욱 이상한 것은 북적거리는 사람들의 반수 이상이 인부들이란 점이었다.

"주점 같은 곳에 가면 알 수 있으려나?"

예전에 그렌이 가르쳐 줬던 것 중 하나인데, 용병들이 정보를 얻을 수 있는 곳은 세 군데라고 한다.

용병 길드와 정보 길드, 그리고 마지막으로 주점이었다.

용병 길드야 원래부터 용병들을 위한 정보가 준비가 된 곳이고, 정보 길드는 전문적으로 정보 수집에만 열을 두는 곳이기에 돈만 지급하면 언제든지 원하는 정보를 얻을 수 있다.

마지막 방법이 주점이었는데, 외지인들의 방문이 잦고 사람들 간의 마찰이 워낙 많은 곳이다 보니 이런 저런 정보들을 많이 들을 수 있는 곳이라 한다. 단지 문제가 있다면, 부정확한 정보들이 많기 때문에 주점에서 얻은 정보는 신빙성이 떨어진다는 점이다.

주점은 마을의 입구에서 얼마 떨어지지 않은 곳에 자리잡고 있었다.

끼이익!

한순간 모든 사람들의 시선이 주점의 문을 열고 들어오는 유빈에게 향했지만, 이내 모두들 다시 술을 마시며 잡담을 하기 시작했다. 주점 안의 손님들 또한 대부분이 인부들이었다.

'근처에 금광이라도 생겼나, 무슨 인부들이 이렇게 많은 거야?'

인부들은 말 그대로 막일꾼을 뜻한다. 그들은 임금만 준다면 어떤 일이든 다 한다. 물론 싸우는 일을 제외하곤 말이다.

주점 안의 자리가 거의 다 차 있어 앉을 자리가 없었다.

그러나 다행이라고 해야 할까. 주점은 단순히 좌석형으로만 되어 있는 것이 아니라 카운터와 술을 내놓는 바(Bar)가 있었다.

탁!

카운터 앞에 자리를 잡자 주인으로 보이는 갈색 콧수염이 멋들어지게 난 중년인이 앞으로 와 물었다.

"뭘 마시겠소?"

"맥주."

"동화 다섯 닢, 선불이오."

탁!

하지만 내놓은 돈은 은화 두 닢이었다.

실리온을 내놓았다는 것은 정보를 묻는다는 의미였다. 통상 대륙 어
떤 주점에서든 맥주를 시킨 후 실리온의 돈을 내면 정보를 묻는 것으
로 통하고 있었다. 이런 방법 또한 그렌에게 배운 것이었다. 짧은 시간
동안 그렌과 동행하면서 대륙의 많은 것을 물어본 것이 지금 아주 큰
도움이 되었다.

"뭘 물어보고 싶소?"

"근래에 비공정이 떨어졌다는 소식이 있소?"

"제국의 비공정이 습격받아 떨어졌다는 소문이야 이미 대륙에 쫙 퍼
졌죠."

예상대로 비공정이 떨어진 소식은 이미 널리 퍼져 있었다.

"생존자가 있소?"

"글쎄, 내가 알기로는 우연인지는 모르겠지만 공작과 그 자녀만 살
아남았다고 들었소. 아, 그래, 어떤 마법사도 살아 있다고 하던데 이름
이……."

"훼일리스."

"아! 맞소. 훼일리스라고 하던 것 같구려."

유빈의 얼굴에 안도감이 어렸다. 다행히 걱정했던 이들이 전부 무사
하다니 근심이 사라졌다고 봐도 좋았다.

"그런데 마을에 인부들이 왜 이렇게 많은 거요?"

"듣기론 대부분의 시신을 찾았는데, 아직 한 사람만 못 찾았다고 하더구려."

"누구의 시신을?"

"은발의 제압자라고, 요새 그 있잖소. 흑월 놈을 제압했다는 그 특급 용병 말이오."

흑월을 놈이라고 지칭하는 것을 보아선 이 마을 역시도 제국에 속해 있는 듯했다. 제국민이라면 누구나가 흑월을 증오했다. 십오만 명의 제국민을 살해하고 수천 명에 이르는 아이들을 납치한 유괴범을 증오하지 않을 리 없었다.

"마을에서 성도까지 가는 길을 아시오?"

"성도라면 동쪽으로 반나절만 걸어가면 되오."

그가 원하는 정보는 거의 다 얻은 셈이었다.

탁!

유빈은 카운터 위로 금화 한 닢을 올려놓았다.

"이, 이건?"

"팁이오. 원하는 정보에 대한 대가라 생각하시오."

팁치고는 상당히 과했다. 하지만 장사꾼인 주점 주인이 팁을 마다할 리가 없었다. 간만에 생기는 짭짤한 부수입에 입이 귀에 걸렸다.

"혹시 근처에 가면을 파는 곳이 있소?"

"가면? 아마 무기 상점에 가면 그런 것이 있을 거요."

이곳 대륙에서는 무기 상점이야말로 거의 잡화점이라고 할 수 있었다. 통칭은 무기 상점이었지만, 그 외에도 방어구와 여러 가지 잡화를 판다.

무기 상점은 마을의 중앙쯤에 있었는데, 상당히 큰 마을이라서 그런 걸까? 아니면 안개의 숲을 바로 맞은편에 둬서 그런지 상당히 컸다.

끼이익!

가는 곳마다 이상하게 문에 기름칠을 해두지 않았다.

"어서 오세요. 저희 가게를 찾아주셔서 감사합니다."

주인으로 보이는 중년 여자가 친절하게 인사를 하며 유빈을 맞았다.

"궁금한 게 있는데, 문에 기름칠을 하지 않는 이유가 있나?"

한참 젊어 보이는 유빈이 반말로 묻자 약간 기분이 나빠진 여주인이였지만, 손님이라는 생각에 고분고분하게 답해 주었다.

"문이 열리는 소리로 손님이 들어오는 걸 알 수 있거든요."

기름칠을 하지 않은 문에서는 열 때마다 소리가 나기 때문에 손님이 들어왔다는 걸 알아차리게 해준다는 것이다.

"은으로 된 무기들이 많군."

"안개의 숲이 바로 맞은편에 존재하기 때문에 이 마을 사람들은 대부분 은으로 된 무기를 가지고 있지요."

생각해 보니 안개의 숲 바로 맞은편에 마을이 지어졌다는 게 상식적으로 이해가 가지 않았다.

"위험한 곳에 마을을 지었군."

"선조 때부터 물려받은 곳이라 위험한 걸 알아도 별수없네요."

"가면을 사러 왔는데, 있소?"

"가면이야 당연히 있지요. 따라오세요."

무기 상점은 꽤 넓었기 때문에 무언가를 사기 위해선 확실히 주인의 도움을 받아야만 했다. 주인을 따라서 무기 상점의 한쪽 구석으로 가자 많은 종류의 가면들이 나열되어 있었다.

"가면극을 위한 것, 가장 무도회 용, 단순히 얼굴을 가릴 용도 등 대부분의 가면들은 다 있습니다."

진열대에 걸려 있는 가면들을 차례대로 둘러보았다. 그중 하나의 가면이 유빈의 눈에 띄었다. 두 눈만 보이도록 해놓은 은색의 철 가면이었는데, 검은 천이 위로 연결되어 있어 머리카락까지 가릴 수 있게 되어 있었다.

'이거라면 충분히 가릴 수 있겠어.'

유빈이 가면을 사는 이유는 매우 간단했다. 밤이 되면 변하는 자신의 모습을 감추기 위해서였다. 자존심이 강한 유빈은 그런 모습을 아무에게도 보이고 싶지 않았다.

"이걸로 주시오."

"가면을 사는 분들은 참 드문데……."

"가리고 싶은 것이 있으니 사는 게 아니겠소."

"…그렇군요."

여주인은 더 이상 묻지 않았다.

"은화 한 닢이에요."

"아, 그리고 검도 사고 싶은데."

검 한 자루 정도는 들고 다녀야 할 것 같았다.

"어떤 검을 원하시는데요?"

"롱 소드(장검)."

이곳 대륙의 검들은 종류가 꽤 많았으나 중원식 검술을 펼치기에는 부적격했다. 그나마 가장 중원의 검에 가까운 것이 롱 소드였다. 단지 중원의 검보다 무거워 웬만큼 단련한 것이 아니라면 쾌검을 펼치기는 힘들었다.

끼이익!

무기 상점의 문이 열리며 누군가 안으로 들어왔다.

'걷는 폭이 작고 조심스러우면서 걸음걸이가 일정하다. 여자 같은데… 검사인가?'

유빈은 상대방의 걸음 소리만 들어도 성별을 파악해 낼 수 있었다. 그리고 얼마만큼의 수련을 거쳤는지조차도 알 수 있었다.

"잠시만 기다리세요, 손님."

여주인은 가게 안으로 들어온 새로운 손님에게 한달음에 달려가 인사했다.

"어서 오세… 아아, 숲의 축복을 받은 분이시군요."

'숲의 축복을 받아?'

여주인이 뭔가에 놀라는 눈치를 보이자 궁금해진 유빈은 카운터 쪽으로 나왔다.

'에? 귀가 뾰족하네.'

귀가 뾰족하면서 아름다운 금발의 여자였다. 말로만 들어왔던 숲의 축복을 받은 엘프라는 종족이었다. 그녀는 레인저라도 되는 듯 등에 보우를 걸치고 있었다.

"크로스 보우(Cross Bow)를 구하고 싶은데요, 연발형으로요."

보통 엘프들은 크로스 보우(석궁)를 잘 사용하지 않아서 그런지 여주인은 의아한 듯한 표정을 지었다. 물론 크로수 보우가 뭔지조차 모르는 유빈이 그런 말을 알아들을 리가 없었다.

'엘프라… 그렌이나 훼일리스의 말로는 엘프는 매우 보기 힘든 종족이라고 했는데…….'

종족에 대한 개념이 없는 유빈으로서는 단순히 '아 저게 엘프구나'라는 생각밖에 없었다.

기척을 죽이고 있는 유빈을 알아챌 수 있는 이는 적어도 그와 동급이거나 그 이상의 실력을 지닌 자이어야 가능하다.

스윽—

금발의 엘프가 고개를 돌려 유빈과 눈이 마주치는 것이 아닌가.

'날 알아챈 건가?'

단순히 엘프란 존재가 궁금해 그 얼굴을 보기 위해 기척을 죽였는데, 그것을 알아본 것이다. 그녀의 눈빛으로 보아선 단순히 우연으로 인한 것은 아니었다.

"정령들이 가까이 가기를 두려워하고 있어요."

유빈의 눈에는 아무것도 보이지 않았다. 정령이 어디에 있어서 그를 두려워한다는 것인지 알 수 없었다.

"내 눈에는 아무것도 보이지 않는데……."

휙!

그녀는 더 이상 할 말이 없다는 것마냥 활을 전시해 놓은 곳으로 가 버렸다. 매우 쌀쌀맞은 태도였다.

'어이없군.'

처음부터 말을 걸지 않았더라면 괜찮았겠지만 한마디 툭 던져 놓고 가버리는 태도가 유빈의 신경을 박박 긁어댄 것이다.

"호호호. 손님, 원래 숲의 축복을 받은 분들은 사람들과의 접촉을 꺼리지요. 무시해서 그러는 게 아니랍니다."

유빈의 얼굴에 기분 나쁘다는 것이 드러났는지 여주인이 빙그레 웃으며 말했다.

그녀의 말대로 엘프들은 외부의 세계와 거의 단절하고 살아가기 때문에 아주 특별한 경우가 아닌 경우를 제외하고는 접촉을 꺼린다.

그렇기 때문에 평생가도 보기 힘든 종족을 이런 무기 상점에서 마주치게 된 것은 대단한 인연이라고 할 수 있었다. 물론 엘프는 그렇게 생각하지 않겠지만 말이다.

"사려던 거나 봅시다."

"호호호, 롱 소드는 B─23 진열장에 있답니다. 따라오세요."

그렇게 유빈은 무기 상점에서 롱 소드 한 자루와 머리카락까지 가릴 수 있는 가면을 구입했다.

"흐음. 이왕 사는 김에 옷도 좀 사야겠군."

그동안 하프 뱀파이어 레진에게 받은 옷으로 생활을 했다. 그 옷은 여행자를 위한 것이라 편하고 튼튼하긴 했으나 뭔가 부족하다고 느껴졌던 것이다.

"망토라도 하나 걸칠까?"

옷가게는 무기 상점에서 바로 맞은편 건물에 있었다.

끼이익!

'젠장! 그냥 기름칠들 좀 하지.'

기름칠을 하지 않아 문을 열 때마다 나는 마찰음은 매번 유빈의 인상을 구기게 했다.

'여긴 손님의 왔는데도 왜 이렇게 조용한 거야?'

가게 안으로 들어선 유빈은 이상하게 조용하자 의아해졌다. 분명히 가게 안에는 사람들이 있었다. 단지 한곳에 모여 있다는 것이 문제였지만 말이다.

"뭘 하고 있는 거지?"

유빈은 가게 안에 사람들이 옷을 고르진 않고 모여서 뭘 저렇게 뚫어지게 쳐다보는지 궁금해졌다.

'안에 꿀단지라도 숨겨둔 거야?'

사람들이 모여 있는 곳은 가게 안에 있는 탈의실 앞이었다. 탈의실 앞에 서 있는 사람들은 뭔가를 기대하는 듯한 그런 눈빛을 보이고 있었다.

'도대체 탈의실 안에 누가 있기에 저러는 거야?'

달칵!

탈의실의 문이 열렸다.

"오오오!"

"정말 아름다워요!"

"아아… 옷이 초라하게 느껴질 정도야!"

사람들은 저마다 감탄을 하며 탈의실에서 나온 이를 바라보고 있었다. 그러나 정작 유빈은 탈의실에서 나온 이를 보곤 얼굴이 굳어졌다.

"…아까 전의 그 엘프잖아."

무기 상점에서 유빈의 신경을 긁어댄 그 엘프였다.

무기 상점에서 크로스 보우를 산 후 먼저 나가는 것을 확인하긴 했는데 옷가게에 와서 사람들의 주위를 끌고 있을 줄은 몰랐던 것이다.

확실히 그녀 정도의 외모라면 사람들의 이목을 끌 만도 했다. 엘프라도 여자는 여자인지 마음에 드는 옷을 고르기 위해 탈의실을 들락날락거리며 입어보는 것 같았다. 덕분에 가게 안에 있는 사람들은 탈의실 주위를 둘러싸고 구경을 하느라 정신이 없어 보였다.

"이 옷이 좋군요."

"에, 제가 보기에는 어떤 옷을 입어도 정말 잘 어울리는 것 같습니다, 손님."

목소리를 들어보면 절대로 상술에서 나오는 말이 아니라는 것을 알수 있었다.

그때 그녀의 시선은 사람들 너머에 있는 유빈에게 고정되어 있었다.

"…또다시 만났군요."

"네?"

가게 주인에게 하는 말이 아니었지만 반문은 그가 했다.

"이번에도 정령들을 통해 나를 알아보았나?"

이번에는 유빈의 물음에 고개를 끄덕이며 긍정을 표했다.

사람들의 시선이 한순간 유빈에게로 쏠렸다. 사실 유빈 역시도 환골탈태를 하면서 긴 은발의 훤칠한 사내가 되었기 때문에 충분히 사람들의 탄성을 자아낼 만했다.

"인연인 것 같군요."

엘프들은 외부와의 접촉은 꺼리지만 만남의 인연을 중시 여긴다.

그녀가 천천히 유빈에게로 다가왔다.

"당신의 이름을 알고 싶어요."

"유… 아니, 소드."

무의식적으로 유빈으로 대답하려 했던 그는 재빨리 정정하며 용병으로 등록된 이름을 말했다.

유빈이 이름을 밝히자 그녀는 놀라기라도 한 듯 두 눈이 커졌다.

"은발의 제압자?"

그녀의 입에서 나온 말은 뜻밖에도 대륙에 알려진 유빈의 명성으로 인해 생긴 호칭인 은발의 제압자였다.

흑월을 제압하는 장면을 많은 사람들이 보았으니 그런 명성이 생기는 것도 당연했다.

웅성웅성!

가게 안의 사람들이 술렁이기 시작했다.

유빈의 명성이 대단하긴 하지만, 최근 제국에 퍼진 소문에 의하면 유빈이 비공정에서 떨어져 그 시신조차 발견되지 않았다고 한다. 그런데 갑자기 엘프인 그녀의 입에서 은발의 제압자라는 말이 나오니 이렇게 분위기가 술렁이는 것도 당연했다.

"크흠."

당황한 유빈은 가게의 주인에게 말해 흑색 망토를 찾아 그 값을 치르고는 얼른 가게를 빠져나갔다. 이렇게 술렁이는 분위기를 그다지 좋아하지 않기 때문이다.

"꽤나 소문이 많이 나버렸군. 무림에서랑 비슷한 꼴이 되어버렸군."

무림에 있을 당시 유빈은 말 그대로 유명 인사였다. 유빈이 어디로 움직이든 무상천검이라는 명성이 따라다녔기 때문에 이목이 집중될 수밖에 없었다.

"도움이 안 되는 여자로군."

그녀 덕분에 제대로 옷을 고르지 못한 채 대충 사 들고 급하게 나와 기분이 우중충하기만 했다.

"흐음. 동쪽으로 반나절이라고 했나?"

성도로 가는 길은 동쪽으로 반나절만 가면 된다고 했다.

성도에서 미케우르산으로 가기 위해선 서쪽으로 이틀에 걸쳐서 가야 한다. 가까운 거리라고 했던 것도 바로 그 때문이다. 하지만 미케우르산까지 가기 위해서는 안개의 숲을 비롯해, 여러 곳의 금지된 지역을 통과해야 하기 때문에 미케우르산은 미개척 지역으로 남아 있었던 것이다.

"동쪽으로 가면… 이런, 또 숲인가?"

이정표를 따라 성도로 향하던 유빈은 또다시 펼쳐지는 광활한 숲에 머리가 지끈거렸다.

"햇빛 보면서 살아가긴 정말 힘들구나."

안개의 숲보다야 낫겠지만 숲이 우거진 곳 역시 햇빛이 잘 들어오지 않는 건 마찬가지였다. 하지만 숲을 통과해야 성도로 갈 수 있다니 별수없었다.

"뭐, 어쩔 수 없네."

체념하고 숲으로 들어가는 유빈이었다.

숲으로 얼마 들어가지 않았을 때 사람들이 꽤 많이 보였다. 그들은 마치 뭔가를 수색하듯 숲 전체를 샅샅이 뒤지고 있었다.

'뭐 하는 거야?'

유빈이 지나갈 때마다 힐끔 쳐다보는 이들도 있었지만, 대개 자신들이 하는 일에 열중하고 있었다.

'무슨 보물이라도 숨겨져 있나?'

그렇지 않고서야 이렇게 많은 수의 인원이 숲을 뒤질 만한 일이 있겠는가.

유빈은 그렇게 생각했지만 실상 인부들의 찾는 것은 바로 유빈의 시신이었다. 워낙 오랜 기간 동안 수색 작업을 하다 보니 이미 공작 가의 병사들이 빠진 상태였고, 혹시나 하는 마음에 이들이 계속 수색하고 있었던 것이다.

인부들 쪽에서 본다면, 사실 유빈의 실제 모습보다는 화상을 입은 시신이라는 것이 머리 속에 박혀 있다 보니 정작 유빈이 지나가도 그것을 알 리가 없었다.

병사들 역시 유빈을 알아볼 수는 없을 것이다. 그들의 머리 속에 각인된 유빈은 짧은 은발의 기품이 있어 보이는 중년인이었다. 반면 지금 유빈의 모습은 긴 은발에 훤칠하게 생긴 사내였으니 알아볼 리가 없었다.

'아까부터 졸졸 따라오고 있는데 누구지? 흑월 놈들은 아닌 것 같은데……'

숲에 들어서는 순간부터 누군가 자신을 몰래 따라오고 있다는 것을 알았지만 유빈을 일부러 내버려 두고 있었다.

숲의 초입까지 가는 길이 같을 수도 있겠다는 생각에 모른 체했던 것인데, 숲 안으로 들어서는 순간부터 상대는 땅 위로 걸어가는 것이 아니라 나무를 타고 유빈이 가는 길을 졸졸 따라오는 것이 아닌가.

"슉!

유빈의 신형이 순식간에 사라졌다.

"앗!"

나무 위에서 그를 몰래 따라가고 있던 인영은 갑자기 유빈이 사라지자 당황한 나머지 입을 떼 소리를 내 자신의 위치를 노출시키고 만 것이다.

"여기였군."

아무런 기척조차 느끼지 못했는데 인영의 뒤로 유빈이 와 있었다.

"복면까지 쓰고 따라붙는데, 설마 우연이라는 말은 하지 않겠지?"

꽉!

복면을 쓴 정체 모를 괴인은 유빈의 내리찍기에 나무 아래로 떨어지고 말았다.

휙휙!

유빈의 빠른 발차기를 막아내지 못해 상당한 타격을 받은 상태임에도 불구하고 공중제비를 돌아 착지하는 것으로 보아선 상당히 날렵하다는 것을 알 수 있었다.

"이제 내려오나?"

"앗!"

언제 아래로 내려왔는지 유빈은 태연스럽게 복면인의 앞에 서 있었다.

'빨라!'

타탁!

유빈은 재빠르게 복면인의 혈도를 점했다. 혈도가 점해진 복면인은 움직일 수도, 말할 수도 없는지 바닥으로 털썩 넘어져 몸을 꿈틀거렸다.

"아아, 대개 복면을 한 녀석들이 잡히면 자살을 해서 말이지. 미리 방지해 두는 거야."

무림에서나 이곳에서나 복면을 한 암살자, 어쎄신들은 임무에 실패해 잡히는 순간 자살을 하려 한다. 그래서 그것을 방지한 것이다.

"자, 이제 얘기해 볼까."

유빈은 바닥에 엎어져서 꼼짝 못하고 있는 복면인을 허공섭물로 공중으로 붕 띄웠다.

"얼굴을 보여줘야겠어."

찌익!

복면이 찢어지는 순간 유빈은 잠시 할 말을 잃었다.

"너는 아까 전의……?"

복면이 찢어지는 순간 찰랑거리는 금발의 머리카락과 뾰족한 귀가 드러났던 것이다. 복면인의 정체는 마을에서 본 바로 그 엘프였던 것이다.

그녀가 도대체 무슨 이유로 유빈의 뒤를 몰래 밟은 것이었을까?

복면이 벗겨지자 그녀는 당황스러워하면서도 유빈을 향해 눈을 흘기고 있었다.

"자살을 할 것 같진 않네. 크흠."

타탁!

유빈은 점했던 혈을 풀고는 허공섭물로 떠 있는 그녀의 몸을 땅 위에 내려놓았다.

"왜 나를 쫓아온 거지?"

"흥!"

"웃기는 엘프 아가씨로군. 복면까지 쓰고 몰래 쫓아온 주제에 눈을 흘길 때가 아닌 것 같은데 말이야."

적반하장(賊反荷杖)이라 하였던가. 자신이 몰래 미행하였단 사실을 벌써 잊었는지, 아니면 유빈이 혈을 점했던 것에 대해 화가 난 것인지 그녀는 눈을 흘기며 입을 꾹 다물고 있었다.

"어이, 엘프 아가씨. 묵비권은 법이 있는 곳에서나 행사하는 거야."

"……?"

"…알아들을 리 만무하겠지."

그녀가 묵비권이라는 자기 보호 행위를 알고 있을 리가 없었다. 그녀의 행동으로 보아선 자신의 잘못을 전혀 받아들이지 못하고 있는 듯했다.

"엘프 아가씨, 난 여기서 노닥거릴……."

"르네, 푸른 숲 일족의 르네라고 해요."

계속해서 엘프 아가씨라 부르는 것이 마음에 들지 않았는지 그녀 스스로 이름을 밝혔다.

'엘프들도 파가 나뉘어 있는 건가?'

단순히 이름만을 말하는 것이 아니라 '푸른 숲의 일족'이라 했으니, 엘프들 역시도 각 지역에 퍼져 일족을 이루어 살아가는 것이 틀림없었다.

"그래, 르네 양, 왜 나를 따라온 거지?"

"그냥… 궁금했을 뿐이에요."

"뭐가 궁금하다는 거지?"

"당신의 실력."

"실력? 푸훗! 그럼 엘프 아가씨가 나를 시험이라도 했다는 건가?"

궁금하다는 이유가 실력 확인이라고 한다면 유빈을 너무 쉽게 본 것이다. 적어도 자연과 동화될 정도가 아니라면 유빈에게 종적을 들키지 않는 것은 불가능하다.

"그래요."

"그래, 그렇다면 시험의 결과를 말씀해 주셔야지."

"제 상상을 뛰어넘어요, 당신은."

그것은 진심이었다. 좀 더 유빈을 탐색하며 시험해 볼 생각이었는데, 들킨 것도 모자라 순식간에 제압까지 당했다는 것에 대해 그녀는 순간 당황한 나머지 화가 났을 정도였다.

"당신이 은발의 제압자, 소드가 맞나요?"

그녀는 처음 만났을 때부터 주욱 유빈의 정체를 확신하지 못했다. 그렇기에 다시 한 번 묻는 것이었다.

"그렇다면?"

"들은 것과 달리 젊어 보이는군요."

"젊다고?"

'아아… 깜빡했다. 환골탈태를 했지.'

지금 유빈의 모습은 예전의 그 중후해 보이는 은발의 중년인이 아니다.

자신도 모르게 모습이 변했다는 것을 잊고 있었다.

"크흠, 뭐, 어쨌든 내가 그 본인인 것은 확실하지."

"당신이 정말 흑월을 제압했나요?"

"…할 말이 없게 만드는군."

그녀의 마지막 질문에 유빈은 몸을 돌려 가던 길을 계속 재촉했다. 갑자기 유빈이 인상을 굳힌 채 자신의 말을 무시하고 가버리자 르네로서는 당황스러웠다.

"자, 잠깐만요!"

그녀는 재빨리 달려가 유빈의 앞을 가로막았다.

"무슨 짓이지?"

"왜 제 질문에 답하지 않고 그냥 가시는 거죠?"

"알고 싶나?"

쏴아아아!

숲의 나무들이 바람에 흩날리고 있었다. 그러나 그것은 마음을 뻥 뚫을 것 같은 그런 시원한 바람이 아니라 싸늘하면서 날카로운 바람이었다.

'이, 이런 위압감은……'

단순히 쳐다보는 것만으로도 숲 전체가 경천동지할 만큼의 위압감이 느껴졌다. 엘프인 그녀는 느낄 수 있었다. 숲이 떨고 있다는 것을 말이다.

'마주 보는 것만으로도 벅차.'

그녀의 본능이 아우성을 치고 있었다.

그와 눈을 마주치지 말라고.

대적하지 말라고.

하지만 그녀는 애써 그것을 부정했다. 대단한 인내심이 아닐 수 없었다.

"그, 그래요."

슈우욱!

숲 전체가 떨릴 만큼 경천동지하던 위압감이 언제 그랬냐는 듯 가라앉았다. 목석 같은 표정을 짓고 있던 유빈이 입을 열었다.

"너무 뻔한 수작인 것 같아서 말이야."

"뻔한 수작? 그게 무슨 말인가요?"

유빈의 말은 이미 그녀가 할 말을 알고 있다는 듯한 그런 태도였다.

"정중하게 와서 부탁해도 들어줄까, 말까 한데 말이야……."

쿵!

한순간 그녀는 숨이 탁 막혀왔다.

"나를 상대로 시험을 해대고, 건방지게 질문을 해대는 꼴은 더 이상 보기 싫거든."

"왜, 왜 그렇게 생각한 거죠?"

"너처럼 행동하는 사람이 한두 명이 아니었거든."

무림을 주유하던 시절, 간혹 유빈을 시험해 놓고도 믿지 못하겠다는 듯이 질문 공세를 퍼붓고는 마지막에 가서는 부탁을 늘어놓는 이들이 있었다. 괴팍하기로 유명했던 유빈은 처음에는 고분고분하게 부탁을 들어줬지만, 갈수록 이런 이들이 늘자 시험하려 드는 이가 있다면 인정 사정 볼 것 없이 그자의 양팔을 베어버렸다.

물론 이것은 유빈이 치기 어린 시절의 일이었다. 지금은 살아온 세월도 있고, 생각이 많이 깊어져 양팔을 베어버리는 행위까진 하지 않더라도 기분이 나쁜 것만큼은 부인할 수 없었다.

유빈의 말이 맞는지 그녀의 얼굴은 붉게 상기되어 동공마저 흔들리고 있었다.

"내 말이 틀렸나?"

울먹울먹.

얼굴을 굳히고 차갑게 말을 하는 유빈의 모습에 더 이상 견디기 힘들었는지 그녀의 눈에는 점차 눈물이 고여가고 있었다. 터지기 바로 직전의 상태였다.

"죄, 죄송해요. 흑!"

푹!

결국 눈물을 보이며 그녀는 몸을 웅크린 채 흑흑, 하며 울었다. 순수한 엘프인 그녀로서는 유빈의 화가 너무도 무서워 견딜 수가 없었다.

"흑흑흑."

'이런… 젠장! 울 것까진 없잖아.'

본인이 울 만한 상황을 만들었다는 생각은 전혀 못하고 있는 유빈이었다.

"어이어이, 아가씨! 갑자기 울면 나보고 어떡하라고?"

"엉엉엉!"

역효과였던가. 오히려 더 큰 소리로 울었다.

이런 상황은 무림의 절세고수인 그에게도 정말 난감하기 그지없는 상황이었다. 한번 울기 시작한 그녀는 근 한 시간 가까이 눈이 퉁퉁 부을 정도로 쉬지 않고 울어댔다. 물론 그런 그녀를 달래기 위해 유빈은 쩔쩔매야만 했다.

"흑, 흐윽. 정말, 정말이시죠?"

"난 거짓말 따위 안 하니까 이제 그만 울어."

얼마나 울었는지 호흡조차 진정이 되지 않는 그녀였다.

탁!

유빈은 그런 그녀의 몸에 손을 얹어 내력을 불어넣었다.

정순하면서도 따스한 기운이 떨리는 가슴을 쓸고 내려가자 그제야 진정이 되는 그녀였다.

"이제 좀 진정이 되나?"

"…네."

숨을 쉬는 데 불편한 점은 없어 보였다.

그녀의 몰골은 말이 아니었다. 눈은 퉁퉁 부어 있고, 그것이 부끄러운지 얼굴까지 붉히고 있었으니 말이다.

'허참, 사람을 곤란하게 만드는 데 도가 텄군.'

"그래, 이제 무슨 부탁을 하고 싶어서 날 쫓아온 건지 얘기해 줄 수 있겠나?"

"그건……"

"아냐, 얘기는 나중으로 미루도록 하지."

"네?"

유빈이 뭔가 이상한 낌새를 차린 듯 갑자기 진지하게 변한 표정으로 보아 그것이 거짓이 아님을 알 수 있었다.

'왜 그러는 거지?'

탁!

그녀의 허리를 감는 손길이 느껴졌다.

"아앗! 이, 이게 무슨…… 우읍."

유빈은 당황해서 소리를 지르려고 하는 그녀의 입을 틀어막았다.

"조용히 해. 상황을 좀 지켜봐야 하니까."

탁탁!

그녀를 옆구리에 낀 채 유빈은 경공을 펼쳐 재빨리 높은 나무 위로 올라갔다. 그리고 기척을 죽인 채 밑을 내려다보며 동정을 살폈다.

'아무것도 없는데…….'

그녀의 눈에는 정말 아무것도 보이지 않았다. 그러나 얼마 후 그들이 밟고 있었던 땅 위로 검은 그림자가 스멀거리며 올라왔다.

'흑월? 아직 여기에 있었나?

검은 그림자는 백색 가면의 검은색 망토를 걸치고 있었는데, 그는 바로 흑월이었다.

베름실리아에서 겨우 목숨을 건져 도망간 그가 갑작스럽게 이곳에 등장한 이유는 무엇일까?

'뭔가 꿍꿍이가 있겠지.'

스멀!

흑월의 등장을 계기로 또 다른 그림자들이 땅 위로 스멀거리며 올라왔다. 그 수는 고작해야 일곱에 불과했다.

그들은 바로 흑월의 부하인 데이워커들이었다.

한동안 얼마나 지겹게 쫓겼는지 그들의 몰골은 말이 아니었다.

"역시 베름실리아는 무리였습니다. 원로들조차 상대하기 힘든 판국인데……."

해가 밝은 낮이라서 그런지 긴장이 풀린 데이워커들은 바닥에 풀썩 주저앉았다. 아무래도 그들은 쉽게 도망친 것이 아니라 뱀파이어들의 눈을 피하느라 유빈보다도 늦게 베름실리아에서 나온 듯했다.

"제길, 그 영감이 우릴 속였군요."

"아니, 속이는 눈빛은 아니었다."

"어쨌든 베름실리아가 아니라면 가까운 근처에 있을 수도 있겠군요."

별생각 없이 지껄이는 말인 듯한데도 상당히 정확했다.

나무 위에서 지켜보는 유빈이 머리를 긁적였다.

"그럼 이제 어떡하죠, 대장?"

"임무는 완수해야 한다. 그분의 명대로 놈의 수급을… 가져가야 한다."

'역시 내 목을 가져가는 게 임무였나.'

예상은 하고 있었지만 꽤 기분이 나빴다. 고작 흑월 정도의 실력으로 자신의 목을 베어오라는 명령을 내린 그자에게 말이다.

'그냥 내려가서 다 없애 버리는 편이 좋을까?'

잠시 동안 유빈은 고민했다. 비공정을 터뜨린 것 때문에 흑월에 대해 좋지 않은 감정을 가지고 있는 그였다. 더군다나 자신의 수급에 대해 언급을 하니 더욱 거슬렸다. 그러나 유빈은 곧바로 생각을 바꾸었다.

'지친 놈들을 건드려 봤자 찝찝하기만 하겠지.'

적이 최상의 상태든 최악의 상태든 상관없이 마음만 먹는다면 언제든지 죽일 수 있지만, 그의 자존심이 허락하지 않았다. 강자로서의 자존심이 말이다.

얼마 후 지친 몸을 회복한 그들은 유빈이 가려는 곳과는 정 반대인 서쪽으로 다시 돌아갔다. 유빈이 안개의 숲 근처에 있을 거라 판단한 듯했다.

"멍청한 놈들."

"읍읍!!"

"아아, 미안해. 깜빡 잊고 있었어."

그녀의 입을 틀어막고 있다는 것을 잊고 있던 유빈은 재빨리 손을 뗐다.

"하아… 도대체 그 자들은 누구죠? 너무도 음산하고… 무서웠어요."

흑월이 내뿜는 특유의 음산한 기운을 감지했는지 그녀는 떨고 있었다. 그런 그녀를 달래기 위해 미소를 지어 보였다.

'하지만 정말로 무서운 건 당신이에요.'

"백색 가면을 쓰고 있던 녀석이 바로 흑월이다."

"그, 그자가 흑월?"

"보기보다 껄끄러운 놈이지."

흑월의 경우, 다른 뱀파이어들과 달리 아무리 살을 베고 갈라도 순식간에 재생해 버리는 능력이 있었다. 또한 안개처럼 완전히 분산하면 유빈조차 종적을 놓치고 만다.

"그렇게 무서워 보이는 놈들을 제압했다니… 정말 대단하군요."

"내 입장에선 그다지 대단한 건 아니야."

흑월 정도의 수준은 만족할 만한 상대가 아니었다. 그래 적당히 흑월의 수준에 맞추어 상대했던 유빈이기에 별다른 감흥을 느끼지 못하는 것이다.

"당신이라면… 도와줄 수 있을 것 같아요."

"도움을 청할 상대라면 믿음을 가지는 게 좋지 않을까?"

아까보다는 훨씬 유빈을 믿는 듯한 눈빛을 보이고 있었지만 아직 뭔가가 부족하다는 그런 눈치를 보이고 있었다.

"그래, 이제 그 부탁이라는 것을 들어볼까."

＊　　　　＊　　　　＊

"묘한 소문입니다."

백색 제복을 입은 짧은 갈색 머리의 기사였다. 그 앞에는 예쁜 금발의 소녀가 침대에 걸터앉아 있었다.

"소문이라뇨?"

"힐름의 숲 쪽에 마을이 하나 자리잡고 있는데, 그곳의 몇몇 사람들이 은발의 제압자를 보았다고 합니다."

"그, 그게 정말인가요?"

금발의 소녀가 꾀꼬리 같은 목소리로 물었다.

"많은 수의 인부들 역시 은발의 사내를 보았다고 하니 확실한 정보인 것 같습니다."

금발의 소녀는 뛸 듯이 기뻐하고 있었다. 이 소녀의 정체는 다름 아닌 공녀 네이린이었다. 그녀는 유빈을 찾기 위해 수많은 인부들을 동원하고 있었다. 열흘이 넘게 소요가 되자 공작은 병사들을 더 이상 동원할 수 없었기에 그들은 성에 돌아와 있었다.

"고마워요, 디하드 경."

"무슨 말씀을. 저는 아가씨의 기사가 아닙니까."

"헤헤."

"에?"

"아니, 호호."

순간 자신도 모르게 본래 특유의 웃음소리를 낼 뻔한 네이린(세명)이었다. 약간 이상하다고 생각한 공작가의 기사 디하드였지만 그러려니 하며 그냥 넘어갔다.

"아직 찾진 못한 거죠?"

"아쉽게도 아직 그건……."

"힘내서 찾아주세요, 그분은 우리 공작가의 은인이니."

"알겠습니다. 믿고 맡겨주십쇼."

"네."

누가 보더라도 그녀는 정말 공작가의 여식이었다. 네이린의 부탁에 기사 디하드는 의욕에 차 자신만 믿으라는 듯이 가슴을 탕탕 치며 방문을 열고 나갔다.

"에휴, 역시 이런 말투는 힘들어."

스윽!

"허허허. 이 늙은이가 보기엔 어떤 말투도 아가씨와 잘 어울립니다그려."

분명 방금 전까지만 해도 방 안에 없었던 훼일리스가 자연스럽게 나타났다. 투명화 마법으로 모습을 숨기고 있었던 것이다. 훼일리스가 이곳에 있다는 것은 아무도 모른다.

"훼일리스님의 말대로 유빈이가 정말 살아 있나 봐요, 헤헤헤."

"…그런데 한 가지 마음에 걸리는 게 있습니다."

"엥? 뭐가요?"

"주인님은 떨어질 때 심한 화상을 입은 상태였는데, 그 짧은 시간 안에 회복이 되었다는 것이… 더군다나 피닉스의 불꽃이라면……."

화상을 입게 된다면 절대로 회복할 수 없다. 지옥의 겁화와도 맞먹는 피닉스의 불꽃에서 살아남아 나타났다는 것은, 그 짧은 시간 안에 유빈을 도와준 고인이나 기연이 있을 수도 있다는 말이었다.

"훼일리스님도 걱정되죠?"

"그거야 당연하지요. 하지만 역시 부상이 완치되어 나타났다는 게 참……."

"그렇다면 우리가 직접 찾아보는 게 어때요?"

"네? 직접 찾는다고요?"

"앉아서 마냥 기다릴 수만은 없잖아요."

열흘 동안 좋은 소식이 오기만을 학수고대하며 지내온 그들이다. 그러다 가장 신빙성 있는 소식을 접하게 되니 유빈을 직접 찾아 나서고 싶어진 것이다.

"저야 상관이 없지만……."

훼일리스야 군이 마음먹은 대로 행동하지 못할 이유가 없었지만, 세 명은 아니었다.

공작의 허락을 받지 못하면 외출이 불가능했다. 딸을 사랑하는 아버지의 입장에서 허락을 해주겠는가. 보나마나 '절대 안 돼!'라고 할 것이 뻔했다.

물론 딸로서 할 수 있는 최고의 방법인 애교로 허락을 받아낼 수도 있지만, 세명이 아무리 많이 여성스러워졌다고는 하나 그것만큼은 무리가 있었다.

"허허. 지금으로서는 허락이 관건이로군요."

팔불출 아버지를 둔 대가라고 할 수 있었다.

*　　　*　　　*

유빈은 원래의 목적지인 성도로 가는 것을 포기하고 남쪽으로 내려가고 있었다. 다행히 남쪽으로 가는 길은 숲이 아니라 평원이었다. 덕분에 살판난 것은 바로 유빈이었다.

"왜 그렇게 느긋한 거죠?"

"그다지. 서두르고 있는 거야."

"저희 엘프들도 당신처럼 느긋하진 않을걸요."

좀 더 서둘러 줬으면 하는 바람이 있었지만, 그런 것을 아는지 모르는지 유빈은 느긋하기만 했다.

"네 말대로라면 그렇게 급한 것도 아니었잖아?"

"그거야……."

"너무 조급해하지 마라."

엘프들은 인간보다 오랜 세월을 살아가기 때문에 약간 게으르면서 느긋했다. 물론 말이 그렇다는 것이지, 유빈이 느긋하게 움직이고 있는 건 아니었다.

'급하긴 많이 급한가 보군.'

"흠, 남쪽으로 내려가면 푸른 숲으로 갈 수 있다고 했는데, 실제 숲의 이름이 그건가?"

"글쎄요. 푸른 숲이라는 명칭은 저희 일족이 몇천 년 전부터 쓰던 거예요. 인간들이야 사물에 이름을 붙이는 것을 좋아하니 바뀌었을 수도 있겠죠."

삐딱하게 얘기하는 것 같지만 그녀의 말은 사실이었다.

인간은 짧은 시간 속에서도 역사의 변천이 심하기 때문에 일정하게 고정되어 있는 것이 없었다.

한 나라가 길어봐야 천오백 년을 넘어가는 경우가 극히 드물다. 그렇게 새로운 왕국이 세워질 때마다 주위의 숲이며 호수 등의 이름이 바뀌니 고정되어 있다고 보긴 힘들었다.

"평원인데 지나가는 동물 하나 없다니……."

몬스터라도 출현했으면 하는 바람이 있었지만 걸어가는 내내 평화스럽기만 했다. 유빈에게는 불행일지 모르겠지만 이곳 고르노바 평원은 몬스터들이 존재하지 않는다. 또한 동물 대부분이 초식 동물이었고, 극소수의 육식 동물이 있을 뿐이었다.

"평화로운 곳이죠."

"심심한 곳이기도 하지."

"꼭 무슨 일이라도 일어나길 바라는 듯한 표정이로군요."

"솔직히 말해서 난 대륙에서 오크를 제외한 그 어떠한 몬스터도 보지 못했거든. 그래서 개인적인 희망이지만 트롤이나 오우거 같은 것들을 한 번쯤은 보고 싶거든."

"퍽이나 재미있겠군요."

그녀는 어이가 없었다.

여행자들이라면 몬스터들과 부딪치는 것을 꺼리는데 반해 이자는 몬스터와 조우하길 바라고 있었다. 기가 막힐 따름이다.

그렇게 유빈과 그녀는 남쪽으로 길을 재촉하고 있었다. 생각보다 시간이 오래 걸려 어느덧 하늘이 붉게 물들어 황혼을 맞이하고 있었다.

'이런… 한 가지 깜빡한 게 있었네.'

그녀의 부탁만 생각하느라 유빈은 한 가지 제약을 잊고 있었다.

"해가 졌을 때는 변화를 막을 수 없어요."

이제 황혼이었다. 얼마 후면 해가 완전히 질 것이다. 그리고 유빈은 퀸의 피로 인해 그녀와 같은 모습으로 변할 것이다.

'이런 것을 염두하지 못했으니… 멍청했어.'

유빈은 품속에 넣어두었던 은색 철 가면을 꺼내 들었다. 검은색 천으로 머리까지 가릴 수 있도록 해두어 유빈에게 꼭 맞는 물건이었다.

"그게 뭐죠?"

"보다시피 철 가면이지."

"아까 무기 상점에서 산 게 그것이었군요."

"뭐, 꼭 필요하다 보니깐."

절대로 그 모습만큼은 누구에게도 보이고 싶지 않았다.

유빈은 조심스럽게 얼굴에 철 가면을 쓰고 검은 천을 들어올려 머리카락을 가렸다.

이렇게 보니 유빈은 은색 철 가면에 검은색 망토로 온몸을 가리고 있는 그런 느낌이었다.

"가면을 뭐 하러 해가 질 무렵에 쓰는 거죠?"

"필요하니까."

"왜 필요한데요?"

'왜 이렇게 끈질겨!'

생각보다 끈질긴 그녀의 태도가 유빈은 굉장히 껄끄러웠으나 결국은 그럴 듯한 핑계를 생각해 낼 수밖에 없었다.

"내가 후천적인 병이 있어서 해가 질 때면 몸에 알레르기가 올라와서 그런 거야."

"그런데 머리카락은 왜 가려요?"

'돌아버리겠다!'

"아, 이건… 그러니까… 커헉!"

"앗! 소드님, 왜 그러세요?"

그녀의 질문 공세에 쩔쩔매며 답을 하는 동안에 결국 해가 완전히 지고 말았던 것이었다. 한순간에 양기가 완전히 음기화되어 버리니 고통스럽지 않을 수가 없었다.

우드득!

검은색 망토나 가면을 썼던 것도 이에 대비해서였다.

"아아……."

그녀는 신음을 흘리며 고통스러워하는 유빈을 바라보며 어찌할 바를 몰라 했다.

얼마간의 시간이 지난 걸까. 유빈은 더 이상 고통스러워하지 않았다.

"저… 괜찮나요?"

끄덕끄덕!

유빈은 고개를 끄덕이는 것으로 대답을 대신했다.

"그런데… 이상하네요. 키가 줄어든 느낌이에요."

'눈치도 빠르구먼.'

골격이 바뀌면서 유빈은 원래 키인 178㎝에서 10㎝나 줄어드는 바람에 그 차이가 확연하게 드러나 있었다. 바보가 아닌 이상 눈치채는 것은 당연했다.

목소리도 이미 변해 있을 것이기에 대답을 할 수 없었던 유빈은 고개를 절레절레 흔들며 부정했다.

"그런데… 이상해요."

"……?"

"갑자기 온몸이 오싹해지면서……."

엘프인 그녀와 완전히 상성 관계에 해당하는 종족이 바로 뱀파이어였다. 지금 유빈은 퀸에 근접한 뱀파이어였기 때문에 가까이 있는 것만으로도 두려움을 느끼는 것이었다.

탁!

"그런데 말이죠. 남자 손이 왜 이렇게 고운 거죠?"

르네는 재빨리 유빈의 손을 낚아채 가장 큰 결정적인 증거라도 발견했다는 것마냥 추궁했다.

결국 유빈은 모습을 드러내진 않더라도 어느 정도 선에선 사실을 알려주는 편이 낫겠다고 여겼다.

"봐라."

고운 미성이 은색 철 가면 안에서 울려 퍼졌다.

"모, 목소리가?"

"여자 목소리란 건… 나도 알고 있으니 그만해라."

르네는 혼란스러워졌다. 갑자기 해가 지는 순간부터 완전히 다른 사람을 대하는 듯한 그런 느낌이 들었다.

"후천적인 병으로 인해 해가 지면 이렇게 된다."

"후천적인 병?"

"그래, 후천적인 병!"

"무슨 말도 안 되는 그런 병이 있나요? 해가 지면 여자가 되는…….
우읍!"

무상검도의 기운을 끌어올려 그것을 막아보려 했으나 이상하게 불가능했다. 지금 유빈은 완전히 퀸과 동일한 상태였다. 태고의 기억과 피의 언령을 쓰지 못한다는 것을 제외하면 바로 퀸, 그 자체였다.

"그만 좀 떠들어. 나도 알고 있으니까."

'장갑도 구하고 목소리를 변조하는 방법도 좀 알아봐야겠어.'

그녀 덕분에 자신의 모습을 완전히 숨기기 위해서는 살이 드러나는 부분은 전부 가려야 하고, 목소리 역시 변조해야 한다는 사실을 알 수 있었다.

"저주 비슷한 병이니까 내 심정을 이해한다면 입을 좀 다물어줬으면 하는데."

"안됐다고 해야 할지, 아니면 뭐라고 해야 위로가 될지 모르겠군요."

말은 그렇게 했어도 그녀의 눈은 전혀 그렇지 않았다. 뭔가 재미있다는 듯한 그런 눈치를 보이고 있었다.

'그렌 녀석이 분명 엘프는 거짓말을 하지 않는 종족이라고 했는데……'

눈앞에서 거짓말하는 것을 보고 나니 그렌이 한 말에 대한 신뢰성이 떨어졌다.

"이제 저도 그 병에 대해 알게 되었으니 가면을 벗는 게 어때요?"

노골적인 요구였다.

표정을 보아선 굉장히 유빈의 얼굴을 보고 싶어 하는 듯했다. 그런 것을 유빈이 허락할 리가 없었다.

"내가 가면까지 쓸 정도로 보이기 싫은 것을 그렇게 보고 싶나?"

"외모에 대해서 부끄러워하지 않으셔도 되요. 저희 엘프들은……"

'돌아버리겠다!'

뭔가 심한 착각을 하고 있는 듯하다. 유빈이 가면으로 얼굴을 가린 이유를 얼굴에 대한 콤플렉스로 받아들인 것이다.

"됐다. 그냥 가던 길이나 계속 가자."

르네가 하는 말을 무시해 버리고 유빈은 앞서 걸어갔다.

"내가 무슨 잘못이라도 했나?"

그녀야 잘못한 것이 있겠는가. 단지 유빈의 사정에 대해 자기 해석이 강했을 뿐이다.

어두운 하늘 위에 두 개의 밝은 달이 떠 있었다. 이곳의 달은 이상하게 달의 크기 변화가 두 번뿐이었다. 반달이 아니면 보름달의 상태였다.

"아! 푸른 숲이에요."

서로 대화없이 묵묵히 걸어가던 중 목적지에 도달했는지 르네가 큰 소리로 외쳤다.

"저게 푸른 숲… 과연……."

본래의 안력과 뱀파이어로서의 밤의 안력이 합쳐지다 보니 유빈은 눈앞에 펼쳐진 푸른 숲이 한낮에 보는 것처럼 보였다.

사실 지어진 이름은 푸른 숲이긴 했으나 여느 숲과 다른 바가 없었다. 조금 더 쾌적해 보인다는 정도이랄까.

"푸른 숲에 확실히 있긴 하느냐?"

"그게 무슨 소리죠?"

"글쎄, 아무것도 느껴지지 않아."

"멀리 있어서 그런 게 아니고요?"

'정말 남자 같았으면 이 자리에서 패대기를 치는 건데… 말대꾸에 능수능란하구만.'

사실 유빈은 여자와의 동행을 상당히 꺼려한다.

남자들의 경우 자신들이 알아서 물러서거나 안 되면 패기라도 하면 되지만, 여자들은 불만스러운 점이 있으면 속으로 삭이지 않고 직설적으로 전부 내뱉어 버린다는 것이다. 그것도 모자라 조금만 화를 내면

울어버린다.

'인간이나 엘프나 다를 바가 없어. 쯧.'

"일단 푸른 숲에 가봐야 진상을 알게 되겠지. 엘프들도 잠은 자겠지?"

"당연하죠. 저희도 피로가 쌓이니까요."

엘프들 역시도 살아 있는 생명체인만큼 충분히 휴식을 취해줘야 한다.

푸른 숲으로 들어서는 순간 알게 된 것이지만, 저들은 휴식을 취하기는커녕 대부분이 활을 들고 대기 중이었다. 밤인데다가 상당한 거리도 있고 해서 유빈이 보지 못할 거라 생각했겠지만 그들의 모습이 너무도 잘 보였다.

"이상하군. 왠지 우리가 오는 것을 경계하는 듯한 분위기야."

"네?"

"르네, 너 이곳 숲의 일족이 맞나?"

"맞아요. 그런데 왜 그러죠? 뭐, 이상한 점이라도 발견되었나요?"

'이상한 점? 그걸 네가 어떻게 알고 있지?'

모르는 척하고 있었지만 그녀의 어감으로 보아 뭔가를 알고 있는 듯했다. 하지만 이왕 속아주는 거 끝까지 속아주기로 결심했다.

"녀석들이 우릴 적으로 판단한 것 같다."

"네에? 그럼 어떡하실 거죠?"

'가증스러운… 이따위 계집에게 속다니…….'

그녀는 본인 스스로의 연기가 너무나 자연스럽다고 생각하고 있던 터라 유빈이 속아준다는 사실은 전혀 눈치채지 못했다.

우우웅!

유빈이 푸른 숲 안으로 들어가는 것을 허락하지 않으려는 듯 푸른 숲 전체로 뿔피리 소리가 울려 퍼졌다.

'공격 신호다.'

유빈의 예상은 정확했다. 소리와 함께 푸른 숲에 숨어서 화살을 재고 있던 이들의 손이 일사불란하게 움직였다.

사사삭! 휙!

활을 다루는 데 능한 엘프들답게 그들 대부분은 명궁이었다.

유빈을 향해 헤아릴 수 없을 만큼의 많은 화살들이 쇄도해 왔다.

'아무리 강하더라도 이런 화살 세례 속에서 살아남을 수 있을까?'

유빈의 뒤에 서 있는 르네의 얼굴에는 날카로운 미소가 걸려 있었다. 자신도 화살의 영향권 내에 있는데도 이렇게 자신만만한 이유는 엘프들의 활 솜씨에 있었다.

엘프들은 태어날 때부터 자연과의 친화력과 타고난 궁술, 민첩한 몸놀림을 지니고 있다.

그런 만큼 그들의 활 솜씨는 보통의 인간들과 달리 거의 백발백중이라고 해도 과언이 아니었다.

억수같이 쏟아지는 화살 세례에 유빈은 당황해하지 않고 몸 주위를 강기로 둘러쌌다.

파파팍!

화살은 유빈의 몸을 꿰뚫지 못하고 사방으로 튕겨 나갔다.

'어떻게 이런 일이!'

너무도 여유 만만하게 화살 세례를 막아내는 유빈의 능력에 르네는 겉으로는 내색을 하진 않았지만 아쉬워하고 있었다.

'칫! 이렇게 된다면…….'

화살 세례를 막아내긴 했으나 유빈의 얼굴은 그다지 좋아 보이지 않았다. 르네의 돌발 행동 때문이었다.

"무슨 짓이지?"

"네?"

"왜 내가 만든 강기막 지역에서 벗어나려 하는 거냐?"

유빈은 강기 막의 범위를 그녀도 보호할 수 있을 정도로 넓혔었다. 그런데 그녀는 아주 조금씩 유빈의 눈을 피해 강기 막에서 나가려 했다.

"그건……."

"내가 눈치채지 못할 거라 여긴 거냐?"

은색 철 가면을 쓰고 있어 그 얼굴은 볼 수가 없었으나 밤이 된 후부터는 이상하게 유빈을 대하기 껄끄러웠다. 몸이 오싹해지고 가슴이 진정이 되지 않는데 거기에 살기까지 비치자 그녀의 얼굴이 얼음장처럼 창백해질 수밖에 없었다.

"저들이 쏜 화살은 분명 날 죽일 목적의 것이다."

푸른 숲에서 날아온 화살들은 절대로 장난도, 시험하는 것도 아니었다. 정말로 유빈을 죽이기 위한 그런 화살이었다.

"역시 이야기의 앞뒤 구성이 좀 맞지 않다고 생각했지."

당시 유빈의 앞에서 울어대는 통에 부탁을 들어주기로 하고 사정을 들었다. 그때 마음 한구석이 찜찜한 것이, 뭔가 이상하다는 느낌을 받았었다.

"마을에 정체 모를 사람이 나타나 매일같이 횡포를 부리고 하루에 한 엘프씩 죽여요. 마을의 전사들이 그를 제압하려 했으나 오히려 당하고 말았어요. 그는 너무 강해서 우리의 힘으로는 대적할 수 없어요."

횡포를 부리는 것도 모자라 엘프들을 굳이 한 명씩 죽이는 이가 있다는 말은 왠지 모르게 이상했다. 또한 가장 어이가 없었던 점은 마을의 전사들이 그런 포악한 놈을 죽이려는 것도 아니고 제압만 하려 했다는 것도 뭔가 맞지가 않았다.

"날 왜 죽이려 하는 거냐?"

"지금 무슨 소리를 하는 건지 전혀 모르겠어요."

"넌 저들이 공격할 거란 사실을 알고 있었어. 계속 발뺌할 생각이냐?"

그렇지 않고서야 화살을 쏘기도 전에 유빈의 등 뒤로 몸을 숨기는 행위를 할 수 있겠는가. 짧은 상황 속에서도 유빈은 그런 것을 놓치지 않고 기억해 두고 있었다. 전부 연륜에서 나오는 지혜였다.

"아니에요. 전 모르고 있었어요."

"엘프도 거짓말을 잘 하는군. 겁에 질린 표정을 하면서도 말이야."

유빈이 모든 것을 눈치챘다는 것을 알면서도 그녀는 계속 모른다고 발뺌할 수밖에 없었다. 그렇게라도 하지 않으면 유빈의 손에 바로 죽을 것만 같았기 때문이다.

"난 엘프들에게 원망을 살 일은 한 적이 없는데."

실제로 엘프들과 접촉도 없었고, 유빈은 흑월들과의 마찰 외에는 누구에게도 원망을 살 일을 한 적이 없었다.

바로 그때였다.

쏴아악!

'빠르다!'

유빈은 고개를 젖혀 갑작스럽게 날아온 무언가를 피해야만 했다.

'화살?'

그녀를 추궁하느라 잠시 틈을 보이고 말았지만 상당히 위협적인 화살이었다. 강기 막을 뚫고 날아왔을 정도로 말이다.

'방금 그건?'

유빈은 화살이 날아온 쪽을 노려보았다.

씨익!

금발의 한 남성 엘프가 그 화살을 쏜 듯한데, 그가 들고 있는 활의 크기가 장난이 아니었다. 그것은 다른 엘프들이 들고 있는 보통의 궁이 아닌 대궁이었다.

쏴아악!

유빈을 향해 자신만만한 미소를 지어 보인 금발의 엘프는 재빨리 활을 쏘았다.

'설마?'

유빈은 화살에서 보이는 푸른빛을 감지하며 놀랄 수밖에 없었다.

"화살에 강기를 실어?"

남성 엘프가 쏘는 화살이 자신의 강기 막을 어떻게 해서 뚫었는지 그제야 이해가 가는 유빈이었다.

콱!

"아닛?"

멀리서 유빈을 향해 강기 화살을 쏘던 금발 엘프의 입에서 당황한 듯한 목소리가 터져 나왔다.

설마 유빈이 강기가 실린 화살을 맨손으로 잡을 거라고는 생각도 해보지 못했었다.

우드득!

유빈은 낚아챈 화살대를 부러뜨려 버렸다.

"이걸 믿고 있었구나."

그 말에 르네의 얼굴은 더욱 하얗게 질려 버렸다.

타탁!

유빈은 단숨에 그녀의 혈을 눌러 움직이지 못하도록 해놓았다.

"일단 이유를 알기 전까지는 죽이진 않으마."

슉!

유빈의 신형이 순식간에 사라졌다. 혈을 제압당해 꼼짝 못하고 지켜만 봐야 하는 그녀는 이것만큼은 확신할 수 있었다.

'상대를 잘못 골랐어.'

금발의 엘프는 믿을 수 없다는 듯이 다시 한 번 강기가 실린 화살을 쏘기 위해 재장전을 했다. 그런데 과녁이 되어야 할 유빈은 사라진 지 오래였다.

"사라졌어. 어디로 간 거지?"

그는 유빈을 찾기 위해 고개를 두리번거렸다.

바로 그때였다.

퍽!

"크악!"

금발의 엘프는 뒤통수에서 느껴지는 강렬한 고통과 함께 그대로 정신을 잃고 말았다. 푸른 숲 일족의 엘프들 한 명씩 비명을 지르며 쓰러지기 시작했다.

"크아악!"

"으악!"

적이 보이지 않는다는 것은 정말로 무서운 일이다.

그래도 이들은 자신들이 얼마나 운이 좋은 줄 모르고 있었다. 유빈이 마음만 먹는다면 한순간에 죽여 버릴 수도 있는데도 제압만 하고 있다는 것을 말이다.

한참이 지난 후, 모든 엘프 전사들은 하나 같이 머리를 가격당해 기절했기에 깨어날 당시에는 머리가 어지러웠다.

"정신들 들었나?"

"네, 네놈은!"

"우릴 묶어둔 거… 에?"

엘프 전사들의 몸은 결박당해 있지 않았다.

머리가 울리는 것을 제외한다면 그들의 몸 상태는 아무런 문제가 없었다.

"예전에 나였으면 이미 다 죽였을 텐데… 정말 성질 많이 죽은 것 같아."

고운 미성으로 하는 말이지만 섬뜩한 말이 아닐 수 없었다.

은색의 철 가면을 쓰고 있어 얼굴을 볼 수는 없었으나 목소리만으로 분명 여자라는 것을 확실히 알 수 있었다.

"우릴 어떻게 할 작정입니까?"

강기의 화살을 날렸던 금발의 엘프가 먼저 입을 뗐다. 다른 엘프들은 유빈에게서 느껴지는 특유의 오싹함에 입을 뗄 수가 없었던 것이다.

"글쎄, 일단 내 마음에 드는 대답을 한다면 살려주지."

"뭘 대답하란 말입니까?"

금발의 엘프는 꽤 자존심이 강한 녀석인지 눈으로 유빈을 흘기고 있었다. 어디선가 많이 보았던 장면이다.

"르네와 무슨 사이지?"

유빈의 질문에 금발의 엘프는 입을 다물고 아무런 대답도 하지 않았다. 별로 가르쳐 주고 싶지 않아 하는 그런 표정이었다.

"내 예상이지만 아무래도 남매인 것 같은데……."

"…맞습니다."

"역시 그랬었군."

모습에서도 닮았다 생각했지만 하는 행동을 보니 말을 하지 않아도 남매라는 것을 알 수 있었다.

"이제 말해 주실까? 왜 나를 공격한 거지?"

"그, 그건……."

아까까지만 해도 그렇게 당당하던 자가 왜 정작 붙잡히고 나니깐 아무 말도 못하는지 이해할 수가 없었다. 그렇다고 딱히 겁을 내는 태도 같진 않았다.

"으음… 말하지 않아도 상관없어. 한 명씩 죽이다 보면 대답하겠지."

꽤 잔인하긴 하지만 이것만큼 좋은 방법도 없다. 공포가 극한에 이르게 된다면 어떤 식으로든 불게 되어 있으니 말이다.

"말하겠습니다. 그러니 일족은 건드리지 마십쇼."

"그래, 그렇다면 대답해. 왜 날 죽이려 한 건지 말이야."

"오 일 전, 한 정체 모를 이로부터 협박을 받았습니다."

사건의 전말은 바로 이러했다.

지금으로부터 오 일 전 푸른 숲에서 일어난 일이라고 한다.

아직 성인이 되지 않은 엘프 소녀 열 명이 산책을 나갔다 갑자기 행방불명이 된 것이다.

그리고 바로 마을의 중앙에 있는 장로에게 의문의 편지가 도착했다고 한다.

엘프 소녀 열 명을 돌려받고 싶다면 은발의 제압자를 죽여서 그의 수급을 가져와라.

의문의 편지에는 이렇게 적혀 있었다고 한다.

'가져와라' 라는 말이 적혀 있다곤 하나 정확히 장소가 명시되지 않아 그자들의 정체를 알아낼 길이 없었던 것이다.

결국 그들은 치밀한 작전을 세워 은발의 제압자라 불리는 자를 죽이기로 마음먹었던 것이다. 일족의 소녀를 구하기 위해선 그 방법밖에 없다고 여긴 탓이었다.

"멍청한 짓이군."

"그게 무슨 말입니까?"

"그 말을 곧이곧대로 듣다니 말이야. 너희들이 운이 좋아서 내 목을 얻었다고 쳐보자. 과연 그들이 너희 일족의 소녀들을 돌려줄까? 전혀 아니다. 오히려 그것을 빌미로 다른 일들을 시키려 들겠지. 그렇게 충성스러운 일꾼으로 길들이는 거다."

그들의 말이 사실일지 아닐지는 모르겠지만, 유빈의 말을 듣는 순간 엘프 전사들의 얼굴은 붉게 물들어갔다.

"내가 보기에는 그 아이들은 지금쯤 희생되었을 거다."

"희생이라니 그게 무슨……?"

"엘프 태생치고 잘생기고 아름답지 않은 자는 없다고 하던데… 자네가 그들이라면 어떻게 하겠나?"

유빈의 질문에 엘프 전사들의 얼굴이 심각하게 굳어갔다. 간혹 일족의 소녀들이 행방불명되어 어딘가에서 노예로 생활하고 있다는 소문을 들어보았기 때문이다.

"……."

자존심이 강한 금발의 엘프는 본래 자신의 일족을 구하기 위해 남을 희생한다는 것을 부끄럽게 여겼었다. 더군다나 적의 말을 곧이곧대로 들은 자신들의 멍청함을 알게 되자 자기 자신에게 분해 할 말을 잃고 말았다.

대부분의 엘프들이 비슷한 생각이었는지 고개를 바닥으로 떨군 채 아무 말도 하지 못했다.

"저, 그런데 말씀이죠. 아가씨는 대체 누구십니까?"

얼굴을 가리고 있긴 하나 옥이 구르는 듯한 미성의 목소리를 듣는다면 누구나가 여자라고 생각할 수밖에 없을 것이다.

"뭐, 뭐? 아, 아가씨?"

유빈은 순간 당황하지 않을 수 없었다. 아무 생각 없이 이들에게 훈계를 하다 보니 스스로의 상태를 생각하지 않고 너무 지껄여댔던 것이었다.

'젠장! 목소리를 들으면 누구나가 당연히 여자라고 생각하게 되잖아!'

이들의 활 쏘는 능력이나 안력은 보통 인간들보다 뛰어나 상당한 거리에서도 가면을 쓰고 있긴 하나 은발의 제압자를 알아볼 수 있었다.

"그러고 보니… 당신은 도대체 누굽니까?"

"그렇네. 은발의 제압자는 분명히 남자라고 알고 있는데……."

웅성웅성!

한동안 입을 다물고 있던 엘프들은 그제야 뭔가 이상하다며 수군거리기 시작했다.

'젠장! 이런 일이 생길까 봐 걱정했던 건데…….'

가면으로 얼굴을 가리긴 했으나 지금의 모습에 대해 들킬지도 모른다는 불안감을 가지고 있었다.

잠시 당황스러워하던 유빈은 결국 마음을 굳혀야만 했다.

'내가 우기는데 지들이 뭐라고 할 거야.'

고작 생각한다는 것이 일단 우겨보자는 것이다. 어디까지나 상황의 주도권을 쥐고 있는 것은 그였다.

"크흠, 모, 목소리가 쉬어서 그런 것이니 오해하지 마라."

"쉬었다는 목소리치고는 상당히 미성입니다만."

이 자존심 강한 금발의 엘프는 방금 전까지 고개를 푹 숙인 채 한마디도 못하다 작은 꼬투리를 잡게 되자 그것을 물고 늘어졌다.

"은발의 제압자의 추정 나이는 적어도 오십대 후반이라고 들었는데……."

"뭐야!! 어떤 놈이 내가 오십대 후반이라고 지껄여! 중반이라고!!"

"……."

"……."

나이에 대한 콤플렉스가 있던 유빈은 늙은이 취급과 본래 나이보다 높게 보는 것을 매우 싫어했다. 덕분에 한순간 화가 치밀어 저도 모르게 버럭 소리를 지르고 말았다.

가면을 쓰고 있어서 표정을 볼 순 없어도 그 기세가 얼마나 대단한지 엘프들은 어안이 벙벙할 수밖에 없었다.

"확실히 맞는 것 같은데요."

"분명해요. 반응을 보니……."

그들은 은발의 제압자를 없애기 위해 철저한 준비를 하는 수밖에 없었다.

유빈의 외향, 특성, 좋아하는 것, 실력 등을 비롯해 사소한 것 하나라도 놓치지 않았다. 정보를 주는 이들 모두가 입을 모아 우려하는 한 가지가 바로 유빈의 성격이 괴팍하다는 점이었다.

"조심하게. 성격이 어디로 튈지 모르는 타입이야. 늙어 보인다거나… 나이가 들어 보인다는 말 같은 걸 하면 그 자리에서 패대기를 쳐버릴 테니까. 왠만하면 성질을 건들지 않는 게 좋아."

그 말이 떠오르자 엘프들의 얼굴이 하나같이 사색이 되어버렸다. 반면 유빈은 다른 고민에 빠져 버렸다.

'화를 내는 게 아니었는데… 목소리가 더욱 확연히 드러났잖아.'

아까 전에는 그나마 조용하게 말하느라 어떻게든 우겨볼 생각이었는데, 방금 전에 소리를 지르는 바람에 이젠 빼도 박도 못할 처지가 된 것이다.

"저희가 오해를 한 것 같습니다."

"죄송합니다."

다행히 그들은 오히려 유빈이 화가 나서 자신들에게 해코지를 하는 게 아닐까 싶어 먼저 선수를 쳐 사과를 하기 시작했다.

'들킨 게 아니었나?'

이들이 사색이 되어 사과를 하는 이유야 알 길이 없었다. 단지 의심을 사지 않고 무사히 넘어갔다는 게 유빈에게는 다행일 뿐이었다.

"저… 제 동생은……?"

르네와 남매인 금발의 엘프가 물었다.

"아아, 깜빡 잊고 있었군. 그녀는 지금 숲 밖에 있네."

그녀의 혈을 점한 뒤 이들을 제압하느라 그 존재를 깜빡 잊고 있었던 유빈은 금발의 엘프가 묻자 그제야 그것을 떠올리게 되었다.

"푸른 숲에서 조금 떨어진 곳에 있으니 데려오면 되네."

이들의 사연을 듣고서야 모든 것이 어쩔 수 없었다는 것을 알게 되었지만, 이미 르네에 대해 좋지 않은 편견을 가지게 된 유빈이기에 냉소적일 수밖에 없었다.

그런데 이게 어찌 된 일일까?

동생을 찾으러 숲 밖으로 나갔던 금발의 엘프가 얼굴이 시뻘게져서 온 것이었다.

"없습니다! 아무도 없어요. 정말 제 동생이 푸른 숲의 앞에 있는 것이 맞습니까?"

"움직이지 못하게 한 걸 제외하고는 그대로 있을 텐데……."

유빈 역시도 이런 일이 발생할 거라고는 생각지 못했다.

엘프 전사들과 유빈은 서둘러 그녀가 사라진 지점으로 달려갔다.

휘잉!

차가운 밤바람이 평원의 초원을 흩날리고 있었다.

"이 짧은 시간 안에 누가?"

혈이 자연스럽게 풀리려면 유빈이 심어둔 내력이 자연스럽게 없어질 때까지 기다려야 한다. 자력으로 혈을 풀기엔 그녀의 실력으로는 턱없이 부족했다.

"루안, 이 주위의 정령들이 떨고 있어요."

"누군가 왔었던 것 같아요."

추적을 위해 땅과 바람의 정령을 다룰 줄 아는 몇몇 엘프들이 근처에 있는 정령들을 통해 르네의 행방을 묻고 있었다.

"심안으로 흔적을 한번 확인해 볼까?"

정령을 통해서 사건의 전말을 캐려 했지만 그것은 매우 더딜 수밖에 없었다. 아무리 선천적으로 자연과 친화력이 높다고 할지라도 정령과 의사 소통이 가능하진 않기 때문에 정령들이 할 수 있는 것이라곤 Yes 아니면 No라는 답변뿐이었다.

자연스럽게 대화를 하지 않는 이상 더딜 수밖에 없었다.

탁!

유빈은 눈을 감고 정신을 집중했다.

이곳에 있었던 잔류 흔적을 보기 위해서다. 어떤 공간이든 아주 최근에 일어난 일 정도는 기억을 한다. 심안은 그런 최근 공간에 남아 있는 잔류 흐름을 볼 수 있다.

'느껴진다.'

세상에 영문 모를 수수께끼란 없듯이 심안을 통해 공간에 남겨져 있는 기억을 들추었다.

푸른 숲에서 얼마 떨어지지 않은 초원 위로 점혈을 당한 채 쓰러져 있는 엘프, 르네. 그녀는 정신은 멀쩡하면서도 움직일 수도, 말조차도 할 수 없는 상태였기 때문에 만약 정체 모를 이가 나타난다면 그대로 낭패를 볼 수 있는 상황이었다.

그러나 세상일이라는 게 원하는 방향으로만 흘러가는 것이 아니었다.

저벅저벅!

몸을 움직일 수가 없어 그녀는 푸른 숲 쪽을 바라보고 누워 있었다. 그런데 그녀의 귓가로 누군가의 발걸음 소리가 들려왔다.

'도, 도대체 누구지?'

발걸음 소리는 분명히 르네 자신에게로 향하고 있었다.

혈도가 점해져 있어 몸의 감각은 느껴지지 않았지만 엘프 특유의 본능적인 느낌만큼은 살아 있었던 것이다.

'차가우면서 절대적인 느낌…….'

그녀는 자신을 향해 다가오는 자를 그렇게 정의 내렸다.

틱!

'까아아악!'

정체 모를 존재는 순식간에 그녀를 들어올려 어깨에 들쳐 메더니 아무 말 없이 묵묵히 평원에서 사라져 버렸다.

그것을 끝으로 유빈은 공간에 남아 있는 기억의 잔류는 사라져 버렸다. 억지로 끌어낸 탓에 이 공간에 희미하게 남아 있던 것이 완전히 사라진 것이었다.

"차가우면서 절대적인 느낌을 지닌 존재라……."

"그게 무슨 말씀입니까?"

"네 동생은 차가우면서 절대적인 느낌을 지닌 존재가 데려가 버렸네. 어쩌면 엘프 열 명을 잡아간 그 흉수일 수도 있겠군."

기억의 잔류를 읽어내면서 그 차가우면서 절대적인 느낌은 유빈 역시도 마음에 걸릴 수밖에 없었다.

'보통의 존재가 아니었다. 단순히 느낀 기운만으로는 나조차도 쉽게 승부를 장담할 존재가 아니었다.'

단순히 기억의 잔류만으로 느꼈을 뿐인데도 이곳에 와서 이렇게 크게 느껴지는 존재감은 처음이었다.

"내 동생… 내 동생이 네놈 때문에!"

결국 화를 진정시킬 수 없던 금발의 엘프는 주먹을 치켜들고 유빈에게 달려들었다. 그의 입장에서 본다면, 모든 것의 원흉이 유빈일 수밖에 없었던 것이다.

"내게 살의를 품다니……."

하지만 유빈의 입장에서는 그 때문에 일일이 맞아줄 이유 따윈 없었다.

유빈은 살짝 고개를 젖혀 그의 주먹을 피한 뒤 한 팔로 잡아 꺾어버린 후 정강이를 차버렸다.

"크윽!"

살의를 품었다면 최소한 강기를 실어서 쳤어야 응당 옳았다. 적어도 그 살의를 품은 대상자가 바로 유빈이라면 말이다.

"동생이 없어진 것은 유감스럽지만……."

"크으으으……."

"그것 역시도 자네들이 자초한 것이 아닌가!"

혈도를 점하지 않았다고 하더라도 그녀는 반항하지 못하고 끌려갔을 것이다.

더 이상 유빈은 이곳에 있을 수가 없었다. 주위에 있던 엘프들 모두가 유빈을 향해 알게 모르게 살의를 품고 있었기 때문이다.

물론 그것이 겁나서 떠나는 것은 아니었다.

"조금만 더 있었다면 전부 죽여 버렸을지도……."

쓸데없는 일에 휘말려 괜히 시간을 빼앗긴 것도 모자라 기분까지 상한 그는 언제 폭발할지 모를 그런 상태에 직면해 있었다.

"이상해. 엘프들을 볼 때마다… 나도 모르게 살의가 올라왔어."

이때 유빈은 단순히 괜한 일에 휘말리는 바람에 화가 나서 그런 것이라고 치부해 버렸지만, 실제로 엘프는 빛과 숲의 종족이라 해가 진 후의 유빈과는 완전히 상성 관계이기 때문이라는 것을 알기까지는 그리 오래 걸리지 않았다.

■19장■
두 번째 재회, 천마(天魔)

두 번째 재회, 천마(天魔)

"역시 그냥 무시하고 성도로 가는 거였는데……."

유빈은 어느새 원점으로 돌아가 있었다.

밤을 새서 온 곳이 고작 해야 전에 들렸던 그 마을이었다. 마을에 도착했을쯤에 해가 뜨면서 그는 원래의 모습으로 돌아갔다.

탁!

유빈은 쓰고 있던 은색 철 가면을 벗었다.

가면을 벗자 그의 찰랑거리는 은발이 드러났다.

"밤마다 이짓거리를 해야 하다니… 제기랄!"

처음 가면을 써본 그는 상당한 불편함을 느꼈다. 그렇다고 그 모습을 태연하게 보일 수는 없는 노릇이었으니 한동안 불편함을 감수해야만 했다.

'역시 뭔가 대책을 강구해야 돼.'

단순히 퀸의 말만을 믿고 있을 순 없었다. 그녀는 어떤 식으로든 호의를 보이고 있었지만, 그것은 뭔가 암중에 목적이 있어서 일 거다.

"아! 그래, 이왕 온 김에 장갑도 사야겠다."

의외로 변하면서 고운 손이 되자 그것만으로도 알아채는 사람들이 의외로 부지기수일 듯했다. 물론 처음부터 그 손을 본다면 상관이 없겠지만, 갑자기 날이 저물어 변한다면 르네처럼 눈치챌 확률이 높았다.

"그런데 전에 왔을 때보다 사람들이 적네."

마을의 반수를 넘게 차지하던 인부들이 사라졌으니 마을이 한적해 보이는 것이 당연했다.

'무슨 일이라도 있었나? 뭐, 일단 장갑이나 좀 사야겠다.'

유빈은 곧장 무기 상점으로 가 장갑을 샀다.

이왕 장갑을 사는 김에 유빈은 그것 역시도 검은색으로 구했다.

"수고하시오."

"네. 안녕히 가세요, 손님."

무기 상점을 나온 유빈은 아까 전과 달리 주위가 시끄럽다는 것을 알 수 있었다. 많은 사람들의 이목이 길거리 한복판에 몰려 있었다. 뭔가 구경할 거리라도 있는 듯했다.

웅성웅성!

"꽤나 시끌벅적하군."

시끄럽긴 했지만 다시 마을에 인부들이 들어와서 그런 것은 아닌 듯했다.

챙!

'싸우는 건가?'

웅성거리는 사람들 사이로 검이 부딪치는 소리가 들려왔다. 다른 무기도 아니고 검으로 대결을 하는 듯하니 유빈의 흥미를 끄는 것은 당연했다.

탁!

구경하는 이들이 너무 많고, 그 사이를 파고들기도 귀찮았던 유빈은 다른 건물 위로 사뿐히 올라갔다.

예상대로 사람들이 둘러싸고 있는 곳에서는 검과 검을 맞대고 싸움이 벌어지고 있었다. 둘은 서로 얼굴이 붉어져서 소리를 지르고 있었다.

"감히 네놈이 내 앞에서 그분을 욕하는 거냐?"

"빌어먹을! 그래도 같은 용병이라 이거냐? 고용주에게 칼을 빼 들어?"

챙!

바스타 소드를 들고 꽤 듬직해 보이는 체구를 지닌 청년과 여행자들의 옷치고는 꽤나 화려해 보이는 옷을 입은 호리호리해 보이는 푸른색 머리의 청년이 싸움을 벌이고 있었다.

"흐압!"

일정한 형식은 없지만 바스타 소드를 수족처럼 부리는 청년의 솜씨는 보통이 아니었다. 하지만 상대는 남자답지 않게 얇고 찌르기에만 주력을 해야 하는 레이피어로, 바스타 소드의 공격을 피하며 틈이 생길 때마다 상대를 꼬챙이로 만들려 달려드니 둘의 싸움은 이상하게 길어질 수밖에 없었다.

서로의 실력이 보통이 아니라는 것을 깨달은 둘.

'젠장, 대충 지껄여도 잊었어야 했는데……'

'그냥 띄워줄 걸 그랬나?'

둘은 서로를 상대하면서 점차 후회하기 시작했다. 사소한 다툼으로 화가 나서 싸우긴 했지만 갈수록 분위기는 이상하게 변모해 가고 있던 것이다.

"역시 베르드 남작 가의 검술은 뛰어나군요."

"아닐세. 과연 용병계에서 유명한 파사의 검답구먼."

이렇게 서로를 높여주면서 점점 손속에 사정을 두기 시작한 것이었다. 처음에는 싸움 났다며 좋다고 구경을 하던 사람들도 점차 이들의 태도에 환멸을 느꼈는지 한마디씩 욕을 해대며 가버렸다.

"제 얼굴들에 똥칠하는 줄도 모르고… 쯧쯧."

"장난들 하나? 싸울 거면 제대로 하지."

"에잉! 시시해."

대개 이런 식의 반응들을 보이며 사라지자 둘은 서로 무안해져 검을 슬며시 검집에 집어넣었다.

"크흠, 베르드 남작님."

"왜 그러나?"

"정말 이곳에 그분이 있겠습니까?"

"은발의 제압자가 이 마을을 지나갈 거란 소문이 파다해. 어떻게든 그자에게 도움을 청해야지."

그동안 유빈의 명성은 더 높아져 대륙에서 그를 모르는 이는 거의 없다고 봐도 무방했다.

건물 위에서 싸움을 지켜보던 유빈은 시시한 결말에 다른 사람들과 마찬가지로 욕을 하고 있었다.

"사내란 놈들이 무릇 검을 뽑았으면 피를 봐야 정상이 아냐! 정말 후안무치한 놈들이군."

검을 숭상하는 무인인 유빈은 이들의 한심한 자태를 보며 눈을 버렸다며 실망하고 있었다. 하지만 갑자기 저들이 하는 말에 귀를 기울일 수밖에 없었다.

"전 그런 소문을 듣지 못했는뎁쇼."

"파다하다는 것은 농담이고……."

'장난하냐.'

듬직한 체구의 용병은 그의 실없는 장난에 약간 화가 나긴 했지만 내색을 하진 않았다.

"뭐, 알 만한 사람들은 알지. 정보 길드에서 알려준 정보니까 말이야."

'그게 무슨 소리야? 정보 길드?'

이상했다. 세상 사람들은 대부분이 그가 죽은 줄 알고 있던 게 아니었나?

사실 유빈이 모르는 사이에 이미 그가 생존해 있다는 것이 어떤 경로를 통했는지는 모르나 사람들에게 알려져 있었다. 그렇다는 것은 정보 길드가 어떤 식으로든 유빈의 동태를 감시하고 있다는 것을 뜻했다.

'직접 물어보는 편이 낫겠어.'

정보 길드가 있다는 것 정도는 유빈 역시도 알고 있었지만, 그 외에 자신에 대해 어떤 소문이 떠도는 것인지 궁금해졌다.

탁!

그렇게 마음먹은 유빈은 어느샌가 건물에서 내려와 듬직한 체구의 용병 뒤에 서 있었다. 처음에는 유빈의 존재를 인식하지 못하던 베르드 남작의 눈이 점차 커져 가고 있었다.

'은발이라… 은발이라… 누구였더라.'

그가 알고 있는 이들 중에서 은발을 지니고 있는 이는 단 한 명뿐이었다.

"으어헛! 으, 은발의 제압자!"

"네? 은발의 제압자라뇨?"

듬직한 체구의 용병은 자신의 뒤에 유빈이 있는 줄 전혀 눈치채지 못하고 있었다. 단순히 남작이 자신을 놀리는 줄 알고 머리만을 긁적였다.

"이제 장난은 그만치고……."

"저, 정말이라고!!"

"아니, 어떻게 은발의 제압자를 그렇게 쉽게……."

장난을 친다고 생각해 별생각 없이 고개를 돌렸던 용병의 얼굴이 잠시 후 경악으로 물들었다.

"으, 은발의 제압자가 아니십니까?"

유빈은 뭔가 이상한 점을 느꼈다. 이들은 자신의 모습이 굉장히 젊어졌음에도 불구하고 알아보았다. 사실 얼굴이 아니라 거의 머리색만으로 맞춘 것 같긴 하지만 말이다.

"아까 전에 했던 얘기들 다시 해줄 수 있겠나?"

유빈에게서 풍겨져 나오는 기도는 검사라면 누구나가 느낄 수 있었다. 가만히 눈을 마주친 것만으로도 위압감이 느껴졌다.

'대단하다. 그랜드 소드 마스터라는 말이 사실이었구나.'

'정말 차원이 다른 경지에 이른 자다.'

베르드 남작과 용병은 단순히 느껴지는 기도조차 자신들과는 비교가 되지 않을 정도로 강한 유빈에게 내심 감탄할 수밖에 없었다.

"뭐든지 물어보십쇼!"

평소 때부터 은발의 제압자에 대한 동경심을 키워왔던 용병의 목소리에는 군기가 잔뜩 들어가 있었다.

"마음에 드는군. 자네 이름이 뭐지?"

"바트라고 합니다."

"바트, 좋은 이름이로군."

유빈이 직접 자신의 이름을 묻고 불러준 것에 대해 기뻤는지 바트의 얼굴은 붉게 상기되어 있었다. 듬직한 덩치를 지닌 것치고 꽤나 순수한 것 같았다.

"크흠."

"응?"

"저는 로운 베르드라 합니다. 부족하지만 남작의 직책을 맡고 있지요."

귀족인 자신을 내버려 두고 용병인 바트에게 먼저 말을 걸었다는 것에 대해 약간은 자존심이 상한 베르드 남작이 한발 물러나 양보하듯 자신의 소개를 했다.

"남작이라… 그래, 만나서 반갑네."

'별로 반갑진 않지만……'

내색을 하진 않았지만 유빈은 속으로 이 베르드 남작이라는 자를 그다지 마음에 들어하지 않고 있었다.

듬직해 보이는 용병, 바트와 달리 호리호리하면서도 여우 같은 눈매를 지닌 베르드 남작은 상당히 약삭빠른 족속으로 보였기 때문이다.

"아까 전에 본의 아니게 자네들이 하는 말을 들었는데……."

"아, 그러십니까?"

'흐흐흐, 잘됐는걸. 이런 식으로 만나게 될 줄이야.'

베르드 남작은 속으로 굉장히 좋아하고 있었다.

어떻게 만나게 되더라도 말을 걸거나 도움을 청할 구실이 없어 고민하던 차에 제 발로 나타난 격이었으니 말이다.

"정보 길드라고 했던가?"

"네?"

"아까 전에 내가 이곳에 올 거라는 것을 정보 길드를 통해 알았다고 하지 않나?"

"그, 그건……."

설마 정보 길드에 관한 것을 물을 거라 생각지 못했던 베르드 남작은 어떤 식으로 답을 해야 할지 고민하고 있었다.

왜냐하면 정보 길드의 수장이 했던 경고가 생각나서였다.

"그에게 우리 길드에서 정보를 주었다는 말은 하지 마십쇼. 그는 성격이 괴팍해 자신에 대한 정보가 사람들 사이에서 돌고 있다는 것 자체만으로도 심기가 불편해 할 겁니다."

정보 길드 수장의 말대로라면, 방금 자신이 바트에게 정보 길드에 대해 언급했던 것은 엄청난 실수라고 할 수밖에 없었다.

'제기랄, 첫 대면에서부터 미운털이 박힌 셈이잖아.'

베르드 남작의 이런 판단은 너무나도 정확했다.

유빈이 자신의 정보를 사고파는 매매 행위를 하는 정보 길드라는 곳과 그것을 사서 뭔가를 부탁할 목적으로 찾아왔다는 베르드 남작을 쳐다보는 눈길은 곱지 않았다.

"나에 대한 소문을 많이 들었나 보지?"

"그, 그야, 워낙 유명하시다 보니……."

"내가 가장 싫어하는 것 중 하나가 뭔 줄 아나?"

유빈이 한마디, 한마디 할 때마다 베르드 남작의 등에선 식은땀이 흘러내리고 있었다.

유빈은 귀족이라고 하더라도 눈 하나 깜짝할 사람이 아니라는 것을 알기에 베르드 남작은 겁에 질릴 수밖에 없었다.

"나에 대한 정보를 매매하는 행위."

"히익! 요, 용서해 주십쇼!"

결국 두려움을 이기지 못한 베르드 남작은 바닥에 무릎을 꿇고 손바닥이 닳도록 빌었다. 그만큼 이실로드 대륙에 있어서 유빈은 괴팍함에 대사로 소문이 나 있었다.

'하아… 뭐, 이런 녀석이 다 있나.'

"알면 꺼져라. 네놈의 얼굴 따윈 더 이상 보고 싶지 않다."

"아, 알겠습니다요."

베르드 남작은 말 그대로 간신배에 어울리는 남자였다. 그가 멀리 가버리자 바트라는 용병이 유빈에게 말했다.

"귀족인데 그렇게 해도 괜찮겠습니까?"

바트 역시도 그런 것에 대해서 별다른 신경을 쓰지 않는 타입이었지만, 귀족은 자신에게 모멸감을 준 상대를 끝까지 해하려 드는 습성(?)이 있는지라 걱정이 되어 하는 말이었다.

"뭐, 상관없네. 예전에도 제국의 남작 한 명을 잡았었는데… 또 잡지 못할 것까진 없지."

"전에도 귀족을 그렇게 대하신 겁니까?"

"난 내가 인정한 상대가 아니고는 귀족으로 인정하지 않네."

지금까지 유빈이 진심으로 귀족으로 여긴 자는 세명의 아버지인 에스트로넨 공작뿐이다. 사실 그 역시도 진정으로 귀족으로 여기는 것은 아니었다. 세명의 아버지라는 점에서 가산점이 붙은 것뿐이었다.

"그래, 자넨 저자와 함께 나를 왜 찾았나?"

바트의 경우는 피고용인이었기 때문에 별다른 사심이 없는지라 그냥 편안하게 물었다.

"큰 문제가 생겼기 때문입니다."

"다른 용병들도 많은데 죽었다고 알려졌던 나를 찾은 이유는?"

"소드님만이 가능한 일이기 때문입니다."

바트의 의미심장한 말에 유빈은 약간이나마 흥미가 돌았는지 그에 귀를 기울였다.

바트의 말에 따르면, 이런 사정으로 인해 유빈을 찾게 된 것이라고 한다.

근래에 들어 가장 논란이 되고 있는 것이 비공정 사건이라고 한다면, 비공식적으로 논란이 되고 있는 것이 바로 대륙 최고의 세공사, 렌 시스의 최후의 유산이 발견되었다는 소문 때문이다.

지금으로부터 100년 전에 유명한 세공 전문가 렌 시스가 있었다고 한다. 그녀는 세계 최고의 세공 전문가이면서 아티팩트 장인으로 알려져 있었다.

마법 물품인 아티팩트를 만들 수 있었던 것은 세공 기술 외에도 렌 시스 그녀가 공개되지 않은 고써클의 마법사였기 때문이다.

100년 전, 렌 시스가 만든 세공품이나 아티팩트가 시중에 떠돌았다 하면 중소 규모의 싸움이 날 정도로 그녀의 작품은 모두에게 인정을 받았다.

그녀의 세공품 하나가 성 한 채의 가격과 맞먹을 만큼 그 가치를 지녔으니 그녀는 말 그대로 제국의 재정에 큰 역할을 하는, 살아 있는 인간 보물이나 마찬가지였다.

그러던 어느 날 그녀가 남자랑 정분이 나 더 이상 세공품을 만들지 않겠다고 선언을 해버린 것이었다.

그녀는 대륙 최고의 세공사였지만 제국의 국가 세공사로 얽매여 있는 몸이었다. 제국에서는 들을 것도 없다는 듯이 그녀의 청이나 선언을 무시해 버렸다.

결국 그녀는 자신의 사랑을 위해 제국에서 도망쳤다.

그로부터 5년 후, 그녀는 제국의 변방 지방의 한 외딴 산골에서 소박하게 세공품을 만들어가며 사랑하는 남자와 살아가고 있었다고 한다.

소박했지만 사랑하는 이와 함께 살아갈 수 있다는 것만으로 만족하며 살아가는 그녀를 짓밟기라도 하듯, 그녀의 남자가 잠시 자리를 비운 사이 그녀는 몹쓸 이웃의 신고에 의해 제국에 붙잡히고 말았다.

제국은 다시 한 번 제국을 위해 세공품을 만들라며 회유했지만 그녀는 그것을 거절했고, 얼마 후 강제 재판으로 인해 사형에 처해지고 만다.

한동안 자리를 비웠다가 돌아온 렌 시스의 연인은 그녀를 찾기 위해 제국으로 찾아왔으나 이미 그녀는 싸늘한 주검으로 변한 지 오래였다고 한다.

그녀는 죽기 직전에 연인에게 편지를 남겼었는데, 자신의 혼신을 담아서 만든 세공품을 선물한다는 내용을 적어놓았다고 한다. 제국에서는 렌 시스의 마지막 세공품이라도 얻어보자는 취지에서 그녀가 살던 집까지 풍비박살 내고 말았다.

그녀의 연인이 마지막 세공품을 지니고 있을지도 모른다는 생각에 제국은 눈길을 돌렸지만 연인은 렌 시스의 시신을 가지고 사라진 지 오래였다.

"슬픈 얘기로군. 백 년 전이라고 한다면 그리 멀지 않은 과거로구면."

"그렇지요."

동화에서나 나올 것 같은 슬픈 얘기를 듣게 된 유빈은 가슴이 찡한 것을 느꼈다. 누구라도 공감하지 않을 수 없는 얘기였다.

"그런데 이 이야기가 나와 무슨 상관이 있다는 겐가?"

"처음에 말씀드린 대로 어떤 경로에서인지는 모르겠으나, 마지막 세공품이 등장하게 되었지요. 이곳에서 멀지 않은 북동 쪽에 있는 레테우드 산맥의 한 동굴에 있다고 하더군요."

"그럼 가지러 가면 되지 않은가?"

"그게 쉬운 일이 아니라서 말씀이죠."

"레테우드 산맥이라는 곳에 몬스터라도 출몰하는 건가?"

"그런 거라면 저희 같은 1, 2급 용병들만으로도 충분하지요. 문제는 그게 아닙니다."

"마지막 세공품을 지키는 수호자라도 있다는 듯한 그런 표정이구먼."

"엇! 그, 그걸 어떻게 아셨습니까?"

'…정말이었냐.'

단순히 해본 말이었는데 우연히 들어맞았다.

"하여간 그 세공품을 가지러 간 자들이 전부 돌아오지 못했다고 합니다."

"그럼 수호자인지 아닌지 어떻게 안단 말인가? 그곳에 기관 장치라도 해뒀을지도 모르는데 말이야."

생존자가 없다는 것은 세공품을 지키는 존재가 있는 건지 아니면 함정, 기관 장치가 교묘하다든지 여러 가지 가능성이 있을 수도 있다는 의미였다.

"아뇨. 딱 한 명이 돌아왔습니다."

"운이 좋은 녀석이로구먼."

"아뇨. 녀석은 그 보물을 지키는 자에 대한 정보만 내놓고 죽어버렸습니다."

결국 생존자가 존재하지 않는다는 말은 확실했다. 긴 얘기를 쉬지 않고 늘어놓더니 숨이 찼는지 잠시 숨을 고른 바트가 다시 말을 이었다.

"죽은 녀석의 말로는, 그곳에는 그랜드 소드 마스터를 능가하는 존재가 있다고 합니다."

"뭐, 뭐라고?"

"솔직히 너무 허무맹랑해서 믿기지 않더군요. 단순히 손을 뻗은 것만으로 상당히 거리에 떨어져 있던 오십여 명이나 되는 인원이 갑자기 검에 베인 듯이 목이 잘려 죽었다고 합니다. 이건 약간 과장이 섞인 듯하고……."

'시, 심검!'

지금 바트가 하는 말은 바로 심검을 뜻했다. 단순히 손을 뻗은 것만으로 검상을 입혔다는 것은 오직 심검만이 가능한 것이었다. 공간에 대한 제약이 존재하지 않는 경지가 바로 심검무도였다.

'이곳에도 그런 경지에 오른 자가 존재했다니…….'

"하하하하하하하하!!"

유빈은 정말 기분이 좋았는지 주위의 이목은 생각지 않고 호탕하게 웃었다. 그런데 이 웃음소리를 들은 이들은 전부 그의 감흥에 영향을 받은 듯 심장이 빠르게 뛰며 자신들도 모르게 웃음이 나왔다.

바트 역시 갑자기 유빈이 웃어대니 영문을 몰라 어쩔 줄 몰라 하다

결국 그에 영향을 받은 듯 미친 듯이 웃어댔다.

"이제야 진짜배기를 만나는구나!"

"하아, 하아……."

유빈의 감흥에 동조해 같이 웃어댔으니 지칠 만도 했다. 주위의 사람들 중 몇몇은 아직까지 웃음을 그치지 못하고 미친 듯이 웃어대고 있었다.

"네가 말한 그곳이 북동 쪽의 어디라고 했지?"

"레테우드 산맥의 한 동굴입니다."

"한 동굴이라는 것은?"

"어느 동굴인지 확실하게 말씀드리기 힘듭니다."

레테우드 산맥 역시 명색이 산맥인데 동굴이 고작 하나만 존재한다는 것은 말이 되지 않았다. 초행길에 혼자 갔다 가는 동굴을 찾느라 고생만 할 게 뻔했다.

"자네도 그곳에 갈 생각인가?"

"가고 싶어도 제 힘으로는 무리인지라……."

"길은 잘 아는지 모르겠군."

"레테우드 산맥의 길이야 잘 알고 있지요."

바트는 길에 자신있다는 듯이 가슴다짐을 했다.

유빈은 길 안내가 필요한 참이기 때문에 먼 곳에서 찾을 필요 없이 곧장 바트를 데리고 다니기로 마음먹었다.

"그럼 그곳까지 길 안내를 해줄 수 있겠나?"

"네? 정말로 가시는 겁니까?"

"그자와 한번 싸워보고 싶어졌거든."

유빈의 눈에서는 생기가 감돌고 있었다. 근래에 들어 안 좋은 일만 중첩되다 보니 이래저래 기분이 좋지 않았는데, 심검의 경지에 이르렀다는 자를 만나게 된다는 생각에 기분이 좋아졌다.

"소드님께서 나서주신다면 든든하지요! 제가 안내하겠습니다."

최근 들어서 특급 용병 중에 가장 지지도가 높은 은발의 제압자와 같이 수행한다는 것은 그로서는 영광일 따름이었다.

이렇게 레테우드 산맥으로 출발하게 된 유빈과 바트였다.

한편, 성도의 공작가의 저택에선.

공작가의 문장이 새겨진 은빛 갑옷을 입은 기사가 침실에서 공작에게 뭔가를 보고하고 있었다. 아직 몸이 완전히 회복되지 않아 요양 중인 공작으로서는 어쩔 수 없이 침실에서 기사의 보고를 들어야 했다.

기사의 보고를 듣는 공작의 표정은 미묘하기 짝이 없었다.

"최근에 들어서 은발의 제압자를 보았다는 이가 점차 늘어나고 있습니다."

"화상을 입고 떨어졌을 텐데… 어찌 그런 일이……."

물론 은인이기에 살아 있다면 기쁜 일이긴 하나 그런 곳에서 화상까지 입고 떨어졌는데 살아남았다는 것은 상식적으로 이해가 가지 않았다.

'소드님은 정말 불사신이란 말인가.'

더군다나 공작의 입장에서는 이제야 소식을 알게 된 것이 억울할 따름이었다.

어젯밤 네이린은 기어코 밖에 나가서 유빈을 찾아보겠다는 허락을 받고야 말았다. 자식 이기는 부모 없다고 결국에 와선 공작은 손을 들고 말았다. 그런데 이제와서 유빈의 행적을 찾았다는 소식이 날아온 것이었다.

"크으으, 이럴 줄 알았으면 오늘까지 잡아두는 건데……."

후회를 해봐야 어쩌겠는가.

네이린이 나간 시각은 꼭두새벽이었다. 지금은 점심때이니, 아무리 규모가 큰 성도라고 할지라도 지금쯤이면 이미 벗어나 있을 것이다.

"훼일리스님이 따라간다고만 하지 않았어도……."

고명한 마법사인 훼일리스가 직접 그녀를 보살펴 준다고 다짐만 하지 않았다면 수많은 기사들을 대동시켰을 것이다. 그만큼 장기간의 외출은 위험했다.

"지금으로선… 무사히 다녀오기만을 기도해야 하나. 크흠. 자네는 계속해서 그분을 찾는 데 주력해 주게나."

"알겠습니다."

유빈이 나타난 이후로 하루도 심란하지 않을 날이 없는 공작이었다.

공작이 골머리를 싸매고 있는 같은 시각, 성도의 서쪽 숲에선 두 인영이 나란히 길을 걸어가고 있었다.

허리까지 내려오는 긴 금발의 소녀는 바로 공작의 딸인 네이린이었다. 그녀의 옆에 있는 농부 같은 이미지를 지닌 노인은 바로 훼일리스였다.

이들이 이렇게 동행을 하게 된 이유는 바로 행방이 묘연해진 유빈을 찾기 위해서였다. 최근에 들어서 은발의 제압자를 보았다는 소문이 빈번해지자 유빈이 살아 있다는 것을 확신하게 된 세명은 다시 예전의 밝은 얼굴로 돌아와 있었다.

"헤헤, 이렇게 성도 밖을 벗어나는 건 처음이에요."

"한 번도 나가본 적이 없습니까?"

"나가볼 기회를 만들려 했지만 번번히 성도 밖으로 나가는 건 실패했어요."

'이 나이 때의 아이들이라면 이런 게 정상이지.'

훼일리스는 실제로 세명의 힘을 제대로 본 적이 없었다. 그렇기 때문에 단순히 유빈과 인연이 있고, 그에게 뭔가를 배운 아이일 것이라 여기고 있었다. 실상 자신보다도 훨씬 오랜 세월을 살아온 연장자라는 것을 알게 된다면 과연 그의 반응은 어떨까?

"헤헤헤. 어쨌든 잘됐네요. 덕분에 바깥 구경도 하게 되는 거니까."

"아무래도 찾는 데 시간이 걸릴 수도 있습니다."

"네?"

"그분이 살아 있다는 것은 확실하지만……."

"잘못된 거라도 있나요?"

"근래에 들어서 소드님의 명성이 높습니다."

"그거야……."

수도에서 최대한 유빈에 대한 모든 정보를 끌어모았기에 최근 들어 그가 특급 용병으로서 용병들 중에서 최고로 떠오르고 있다는 사실을 알 수 있었다.

더군다나 흑월을 제압했던 것이 제국 전체로 퍼져 그의 외향을 모르는 이가 없었다.

"소드님을 알아보기 위해선 그 외향에 전혀 문제가 없어야 합니다."

"그야… 그렇죠."

무공과 도에 관해선 높은 공부를 한 세명이었지만 다른 것에 관해서는 약간 둔한 면이 있었다. 이쯤 됐으면 충분히 알아들을 만도 할 텐데 말이다.

"피닉스의 불꽃에 화상을 입었다면… 솔직히 말씀드리자면 화상 자국을 치료한다는 것 자체가 불가능합니다."

"치료가 불가능하다뇨? 화상을 입은 거라면 신관들에게 부탁을 한다면……."

의술이 뒤떨어지는 만큼 이곳 이실리아 대륙은 아무래도 신관들에게 많이 의지하는 편이었다. 신관들은 성력을 이용해 사람들을 치료하는 데 그들은 비병원성 요인에 관해서는 힘들어도 외향에 난 상처나 그 자국만큼은 성력으로 완벽하게 치료할 수 있다. 그런 것을 따졌을 때 유빈이 화상을 나은 상태로 나타났다고 하더라도 굳이 이상할 게 없다고 여기는 것도 당연했다.

"전에도 말씀드렸지만 피닉스의 불꽃에 의한 화상은 보통 화상과는 차이가 있습니다."

"차이라고 해봐야 좀 더 심하다 정도가 아닌가요?"

화상에 무슨 차이가 있다는 말인가. 세명으로서는 도저히 이해가 가지 않았다.

"피닉스의 불꽃을 왜 지옥의 겁화와 맞먹는다고 하는 줄 아십니까?"

"강도가 비슷해서요?"

"아뇨, 그런 게 아닙니다. 지옥의 겁화는 절대로 꺼지지 않는 불꽃입니다."

"피닉스의 불꽃도 그렇다는 건가요?"

지옥의 겁화처럼 꺼지지 않는 불꽃이라면 유빈의 화상이 계속 타들어가서 낫지 않는다는 것을 의미하는 걸까?

"피닉스의 불꽃에 데이면 절대로 그 상처를 치료할 수 없습니다."

"그, 그건… 화상을 치료할 수 없다는 말인가요?"

세명의 얼굴이 점차 어두워져 가고 있었다. 유빈의 상세가 나빠야 정상이라는 말은 그에게 그다지 듣기 좋은 소리는 아니었기 때문이다.

"네. 그때 유빈님은 거의 얼굴을 알아보기 힘들 정도로 화상을 입은 데다가 머리카락마저 전부 타버렸는데… 그를 알아보는 사람들이 등장한다는 것은 도저히 이해가 가지 않는군요."

훼일리스의 요지는 바로 그랬다.

피닉스의 불꽃에 화상을 입어 절대로 나을 수 없게 된 유빈. 그런데 최근에 들어 그를 보았다는 사람이 늘어나고 있다. 사람들이 그를 알아볼 수 있는 것은 바로 그 특유의 은발 때문이었다.

그를 알아본다는 것은 한마디로 모순 그 자체였다.

"어떻게 그런 게……."

세명의 몸이 부들부들 떨렸다.

"함정일 수도 있지만 진짜일 확률 역시도 장담할 수 없습니다."

"…방금 전에 말한 대로라면 불가능 그 자체인데, 어째서 진짜일 수도 있는 거죠?"

"의외로 화상을 입긴 했으나 그것은 피닉스가 한 것이 아니라 대리자가 한 것이라면 가능하죠."

훼일리스의 입가로 잔잔한 파문이 일어났다.

"그래서 운이 좋아 고명한 신관의 눈에 띄어 치료했을 수도 있습니다."

"아아……."

이번에 말하는 것은 긍정론이었다. 화상이 유지될 만큼 얼굴이 그리 심하지 않다면, 치료를 해 몸을 회복시켜 나았을 수도 있었다.

"전 후자 쪽이라고 생각해요."

'적어도 선인의 몸이라면 그리 심한 타격을 입진 않았을 거야.'

세명은 자신있게 후자의 설을 믿었다. 화상을 입었다곤 하나 유빈의 신체는 극상이라 불리는 선인의 육체였다. 그것 덕분에 화상을 쉽게 나았을 수도 있었다.

"저도 그렇기를 바랍니다."

"유빈이 발견되었다는 그 마을로 간다면 밝혀지겠지요."

그에 공감하듯 훼일리스도 고개를 끄덕였다. 그의 입장에서도 긍정적으로 생각해야만 했다. 유빈의 불행은 곧바로 그의 불행과 직결되기 때문이었다.

"서둘러서 가죠. 그 녀석 성격에 오랫동안 한 마을에 있을 것 같진 않으니……."

'클클, 친구라고는 해도 나이 차가 많을 텐데 그 녀석이라니.'

이것만큼은 훼일리스로서도 도저히 이해할 수 없는 사항이었다.

＊　　　＊　　　＊

수많은 산이 이어져서 줄기의 형세를 이루고 있는 레테우드 산맥은 사람들이 잘 가지 않는 지역이다.

산맥의 형세가 가파르기 때문에 넘기도 힘들뿐더러 특별히 집단형 몬스터들이 출몰하진 않았지만, 오우거나 트롤 등 기사들조차 상대하길 꺼리는 중대형 몬스터들이 있기 때문에 군이 레테우드 산맥을 넘으려고 하는 자는 한 해에 열 손가락으로 꼽을 만큼 적다.

그런 레데우드 산맥에 근래에 들어 수많은 용병이나 전사들의 출입이 잦아졌다. 다름 아닌 렌 시스의 마지막 세공품이 나타났다는 소문 때문이었다.

100년 전에 만들어졌던 렌 시스의 작품은 현재까지도 대륙 최고의 세공품으로 인정받고 있다. 지금까지도 그녀의 작품은 여전히 성한 채의 가격에 준한다. 그런데 갑자기 등장한 이 마지막 세공품……

그 가치는 돈으로 환산하기 힘들 것이다. 군이 환산하려 한다면 부르는 게 값이라고 해도 과언은 아닐 것이다.

세공품 하나만 얻게 된다면 평생을 놀고먹을 수 있기에 사람들의 관심이 몰리는 것은 당연한 이치였다.

"가는 이들은 죽어서 돌아오지 못하는데… 물욕을 원하는 인간의 마음은 끊이질 않는구먼."

"······."

물욕을 탐해서 온 사람들 중 하나인 바트의 입장에서는 그 말에 수긍을 하더라도 대답할 수는 없었다. 다행히 엘프들이 사는 푸른 숲과 마찬가지로 이곳 레테우드 산맥 역시 그리 먼 편이 아니라 유빈들은 반나절 정도를 부지런히 걸어 그곳에 도착할 수 있었다.

그리 많은 편은 아니었지만 산등성이를 넘을 때마다 두세 명 정도의 파티들과 조우할 수 있었다.

바트처럼 마지막 세공품을 지키고 있다는 수호자가 있는 위치를 모르는 이들로서는 산맥 전체를 돌아다니며 그것을 찾을 수밖에 없었다.

"자네와 같이 오지 않았다면 나도 저렇게 헤맬 뻔했군."

"아뇨, 오히려 제가 다행이죠. 벌써 제 목숨을 두 번이나 구해주었지 않습니까?"

산맥을 오르면서 유빈과 바트는 몬스터의 습격을 두 번이나 받았다.

물론 전부 오우거에 의한 습격이었는데, 중급의 소드 그레이튜드의 실력자인 바트로서는 도저히 오우거를 상대할 수 없었다.

'일검에 오우거의 목을 벨 수 있는 사람이 과연 존재할까?'

지상에 있는 몬스터 중 최강이라 불리는 것이 바로 오우거였다. 근력은 주먹을 한 번 휘두르는 것만으로 나무가 뿌리째 뽑힐 정도고, 육체는 강검을 사용하는 바트의 바스타 소드가 쉽게 부러질 정도였다.

바트의 손에서 해결되지 못한 이 무지막지한 몬스터를 해결한 것은 물론 유빈이었다. 단순히 성질이 나서 달려오는 오우거를 가만히 서 있다 자연스럽게 목을 베어버렸다. 그 모습은 바트에게 있어서 경악 그 자체였다.

'은발의 제압자라면 충분히 그 괴인을 상대할 수 있을 거야. 그렇게 된다면 나는 렌 시스의 마지막 세공품을 가질 수 있겠지.'

"뭘 그렇게 골똘히 생각하는 거지?"

"에? 아……."

혼자 실실 웃어가며 생각에 잠겨 있는 모습은 우스웠다. 그런 모습에 바트가 품고 있는 욕망을 쉽게 눈치챈 유빈은 약간은 실망한 듯 혀를 찼다.

"쯧쯧, 자네도 세공품에 눈이 멀었구먼."

'헉! 그걸 어떻게?'

유빈이 진작부터 그 욕심을 알아챘다는 것을 눈치채지 못한 바트로서는 당황스럽기 그지없었다. 내색을 하지 않으려고 했지만 워낙 단순한지라 얼굴에 드러난 것이다.

"용병이 이득이 없는 일에 지원한다는 말은 처음 듣네. 자네가 생각하는 그 이득이야 분명 세공품이겠지."

"그, 그건……."

'젠장! 어떻게 내 마음을 알아챈 거지?'

수호자를 쓰러뜨린 자가 유빈이라면, 응당 그 주인은 바로 유빈일 것이다.

실컷 고생을 시켜놓고 이득은 자신이 취한다고 한다면 유빈의 기분이 좋을까?

안 그래도 괴팍하기로 유명한 유빈이었다. 기분 나쁘다는 이유로 자신을 죽이기라도 하면 어쩔 것인가.

"저, 저는 이 할 정도만 주셔도……."

"세공품은 자네에게 줄 테니 내 앞에서 물욕에 가득 찬 눈빛을 보이지 않았으면 하네."

'아앗! 그, 그게 정말인가?'

명성이 있는 자이니 절대로 거짓말을 할 리가 없다고 여긴 바트의 눈에선 기쁨이 돌았다.

"으음… 네."

"그런 눈빛을 보이면 베고 싶어지니까."

가슴을 섬뜩하게 만드는 유빈의 뒷말에 바트의 얼굴은 백지장처럼 하얘졌다. 이후로 바트는 찍소리도 하지 않고 길을 안내했다. 말한마디 잘못했다가 죽을 수도 있다는 압박감에 사로잡혔기 때문이다.

"으음, 거목 두 그루가 교차하는 지점이라고 했는데… 아아! 저깁니다!"

바트가 손으로 가리킨 곳에는 산맥에 있는 다른 나무들보다 훨씬 큰 거목이 교차해 엑스자 형태를 이루고 있는 곳이었다.

"저곳으로 가… 쿵쿵? 으윽! 이, 이건 피비린내!"

가까이로 가면서 조금씩 뭔가 역한 냄새가 난다고 여겼는데, 그것은 바로 피비린내였다. 바트는 코를 막고 손을 흔들어댔다.

"손속이 잔인하군."

사방에는 꽤 오래된 듯한 시신들과 최근의 것으로 추정되는 시신들이 가득 메워져 있었다. 참혹하기 그지없는 곳이었다.

"전부 한 사람에게 당한 게 확실하군."

사방에 널려 있는 시신들을 살펴본 유빈은 확신할 수 있었다. 이 모든 시신들은 단 한 사람의 소행이었다. 전부 목이 베여 죽은 데다 단한 사람도 그 외의 다른 상처가 없었다. 깨끗하고 고통없이 죽일 목적으로 행한 듯했다.

스윽!

유빈은 몸을 숙여 시신의 베여진 목을 살펴보았다.

"사람을 베면서 슬퍼하고 있다니……."

높은 경지에 이른 검사의 검혼을 보면 그 감정을 쉽게 알 수 있는데, 유빈은 그것을 보면서 이해가 가지 않았다.

"이들을 죽여서 슬픈 건 아니다. 그런데 왜……."

검혼에는 분명히 슬퍼하는 감정이 담겨 있었다. 그것이 매우 깊은 슬픔. 하마터면 유빈조차 그에 동조해 슬픔을 애도할 뻔했다.

흠칫!

"응?"

"왜 그러시는……."

"젠장! 뒤로 물러서!"

검혼을 살펴보던 유빈이 갑자기 뭔가에 놀란 듯 바트에게 소리쳤다. 무슨 영문인지는 몰랐으나 바트는 그 말에 따라 재빨리 몸을 뒤로 날렸다.

챙!

검광이 눈에 비치지 않을 만큼 쾌속한 발검이었다. 어째서 유빈은 빈 허공에 발검을 펼쳐 가며 검을 휘두르는 것일까.

쾅!

순식간에 일어난 일이었다.

산맥 전체가 울린다는 착각마저 일으킬 정도로 거대한 폭음이 일어났다.

촤촤촤악!

유빈은 인상을 찡그리고 있었고, 사방의 나무들은 날카로운 검흔에 힘없이 넘어졌다. 주위는 정말 황폐하기 그지없었다.

"이, 이런 말도 안 되는 일이······."

바트는 경악한 나머지 입을 다물지 못했다. 유빈의 말대로 하지 않았다면, 자신은 이 주위의 시신들과 마찬가지로 목이 떨어져 나갔을 것이 아닌가.

"바트, 이곳에서 최대한 멀리 벗어나게! 안 그러면 자넨 죽어!"

"그게 무슨······."

"죽기 싫으면 닥치고 빨리 가지 못해!"

"아, 알겠습니다. 몸조심하십쇼."

유빈의 말을 듣고 언제 손해 본 적이 있던가. 바트는 더 이상 묻지 않고 그의 말에 따라 어떻게 해서든 멀리 떨어져야 한다는 생각에 유빈을 뒤로 한 채 달려갔다.

'천검의 경지에 들지 못했다면 나도 한순간에 죽었을지도······.'

천검의 경지에 이르면서 모든 검심을 읽을 수 있는 유빈은 상대가 검을 휘두르기 직전에야 그것을 알 수 있었다. 설사 심검이라 할지라도 말이다.

쨍그랑!

산지 고작 하루밖에 되지 않은 롱 소드가 힘없이 부서져 버렸다.

"역시 충격을 견뎌내기에는 무리가 있었나."

상대가 심검의 경지에 오른 이상 검은 아무런 의미가 없었다. 단지 멀쩡한 검이 부서져 아쉬울 따름이었다.

"너도 내 존재에 대해서 알아챘겠지."

이쯤 됐으면 상대도 유빈의 존재를 알아챘을 것이다.

쏴아아!

유빈이 일으키는 전의로 인해 주위가 크게 요동치고 있었다. 수풀과 나무들, 모든 것이 요동치며 날카로운 검마냥 검기를 흘리고 있었다. 천검의 경지에 오른 유빈의 심검은 일반적인 경지를 넘어서 본인이 검 그 자체이면서 모든 만물을 검화할 수 있었다.

촤악!

유빈에게로 소리만이 들리는 무형의 검기가 고목 뒤에 있는 동굴 쪽에서 날아왔다.

"훙!"

유빈이 가볍게 손짓을 하자 무형의 검기는 그대로 소멸하고 말았다.

"모습을 드러내라."

이 정도라면 충분히 유빈의 역량을 맘껏 발휘할 수 있는 절세 강자임이 분명했다. 서로 검기만을 날려대는 것은 체력 소모일 뿐이었다.

'적어도 세 명 정도… 아니면 그 이상의 고수일지도 모른다.'

"아직도 모습을 드러낼 생각이 없나!"

휙!

유빈이 교차하는 고목 너머에 있는 동굴을 향해 손을 휘두르자 날카로운 파공음과 함께 무형의 검기가 그곳으로 쇄도해 갔다.

쇄악!

하지만 그 역시도 너무 쉽게 소멸되고 말았다.

무형의 검기는 그들과 같은 고수들에게는 단순한 탐색전에 불과하다.

저벅저벅!

유빈의 귓가로 발걸음 소리가 들렸다. 상대가 드디어 모습을 드러내려 하는 것이다.

어두운 동굴에서 밖으로 나오는 순간 음영이 교차하며 상대의 모습이 드러났다.

찌릿찌릿!

굉장한 압박감이 느껴져 왔다.

산에서만 지냈다는 것을 표시라도 내는 듯 긴 머리카락을 산발한 채 수염을 치렁치렁 달고 있어 얼굴을 알아보기 힘들었지만, 그의 걸음걸이와 눈빛에서 느껴지는 호연지기가 일대 대종사의 풍모를 보여주고 있었다.

"검과 일체가 되는 경지에 이르렀군."

산발의 괴인은 잠시 손속을 겨룬 것만으로 그 경지를 파악했다. 하지만 그것은 그다지 놀라운 것이 아니었다.

적어도 이 괴인 정도의 경지에 오른 자라면 유빈을 보는 순간 하나의 검으로밖에 보이지 않을 것이다. 그렇다면 충분히 검과 일체가 된 경지라고밖에 생각할 수 없을 것이다.

"틀렸소. 일체가 된 것이 아니라 내가 바로 검, 그 자체요."

유빈이 오른 경지는 검과의 일체만으로는 설명이 불가능하다.

"이백여 년이 넘는 세월을 살았지만 너와 같은 자는 처음 본다."

괴인은 전혀 동요하지 않고 있었지만 나름대로 유빈을 보며 놀란 듯했다. 그렇지 않고서야 어찌 상대를 인정하겠는가.

"이백여 년? 당신은 인간이 아니오?"

"나는 인간이다. 나 스스로 살아오면서 인간임을 버리지 않았다."

"기분이 나빴다면 사과하겠소."

"아니, 이백여 년을 살았으니 누구라도 오해를 할 만하지. 하지만 너 정도의 경지에 오른 자라면 충분히 나만큼 살아갈 수 있다."

어찌 보면 맞는 말일 수도 있고, 틀린 말일 수도 있다. 유빈은 생사경의 경지에 올랐기 때문에 영생을 살아갈 수 있기 때문이었다.

"당신과 같은 자를 만나게 되어 매우 기쁘오."

"나 역시."

서로가 거의 비슷한 역량을 지녔다는 것을 알게 된 두 고수의 눈이 희열로 물들고 있었다. 천하제일의 경지에 이른 그 둘은 상대가 없다는 외로움을 가지고 있었기에 더욱 희열을 느낄 수밖에 없었다.

"손을 겨루기 전에 당신의 이름을 알고 싶소."

"이름? 이미 그런 것 따윈 백여 년 전에 버렸지만 너에겐 왠지 말하고 싶군."

"고맙구려."

유빈은 진심으로 상대를 알고 싶어 했다.

"내 이름은……."

"……."

"천마."

"처, 천마?"

유빈의 두 눈이 커지며 경악으로 가득 찼다.

〈제3권 끝〉

FANTASY
FRONTIER
SPIRIT

청 어 람 판 타 지 장 편 소 설

마신의 불길보다 더 사나운 환염의 붉은 불꽃!

홍염의 성좌 / 아울 지음

THE CONSTELLATION OF BLAZE

『홍염의 성좌』

98년 『검은 숲의 은자』, 02년 『폭풍의 탑』, 04년 『겨울 성의 열쇠』
고품격 판타지 작품 세계만을 선보여온 작가 민소영! 그녀의 최신작!!

신세대적인 기발함과 경쾌한 문체,
풍부한 상상력이 빚어낸 판타지계의 명품 중 명품!
짙고 그윽한 그녀만의 농밀함이 빚어낸 장대한 스펙터클 드라마!

2005년 여름,
진한 감동과 짜릿한 전율이 시원하게 회오리친다!

유행이 아닌 자유추구 –
WWW.chungeoram.com